MIRKO LILLI

MARCHIO

DI

SANGUE

IL SIMBOLO DELLA VENDETTA

MARCHIO DI SANGUE

Romanzo

di Mirko Lilli

Questo romanzo è un'opera di fantasia. Qualsiasi riferimento a persone, cose, luoghi o eventi realmente esistenti è da considerarsi puramente casuale.

ISBN: 9798284429884

Copertina, editing e revisione a cura dell'autore.

Edizione autoprodotta e distribuita in proprio tramite Amazon KDP.

Edizione I - 2025

Dedicato a chi lotta
per non diventare ciò da cui proviene.

A chi ha scelto la luce,
pur conoscendo il buio.

A mio padre Alvaro,
la mia stella da vent'anni.

A mia madre Mara,
la mia radice più profonda.

A mia moglie Gloria,
la mia casa. Sempre.

Senza di voi, questo libro
non avrebbe avuto sangue né anima.

"Nulla è più ingannevole di un fatto evidente."
Arthur Conan Doyle

Prologo
Sangue sul cemento

27 MARZO 2025 – ORE 09.12

'Marco... Si è chiuso il cerchio. Opera. Cella 14/B'

Il messaggio è chiaro.

Troppo.

Mi basta leggerlo per sentire una verità che non voglio accettare.

Ma la voce nella testa lo ripete: *Mio padre è morto.*

Fuori, Milano continua a respirare sotto una pioggia fine, sottile come una lama che taglia l'aria.

Io resto immobile, con le mani fredde e la gola chiusa.

Tutto intorno a me continua, senza sapere.

Antonio Ferrante.

Boss, carnefice, padre.

Un uomo che ha costruito un impero sull'obbedienza e sul sangue, e che adesso giace freddo su un pavimento sporco, cancellato come una firma dimenticata.

Avrei dovuto provare qualcosa.

Dolore, forse, per l'uomo che era mio padre, nonostante tutto.

Rabbia, per le ombre che ha proiettato sulla mia vita.

O magari sollievo, per essermi finalmente liberato del suo giogo.

Invece sento solo gelo. Un peso che non si scioglie. Un vuoto che mi spaventa.

Dentro lo so: non è finita. Non ancora.

Erano giorni che qualcosa si muoveva nell'oscurità.

Ombre che danzano ai margini della vista. Sussurri nel vento. Sguardi sfuggenti che mi trafiggono. Silenzi troppo lunghi, carichi di significati nascosti.

La sensazione di essere una preda braccata, senza sapere da chi.

E ora questa morte improvvisa – troppo precisa, troppo silenziosa – sa di copione già scritto. Nessuna sbavatura. Nessun testimone.

Non ho ancora certezza sui nomi, né su quali mani hanno portato a termine il lavoro.

Ma lo immagino.

Lo sento.

14

E il Marchio... quel simbolo antico che segna la carne e la memoria.

Non è rimasto sepolto nel passato. È ormai tornato a reclamare il suo tributo.

Chiudo gli occhi.

Vedo ancora mio padre, anni fa, una sera d'inverno, mentre mormorava: *"Non sei come me, Marco. Ecco perché vincerai."*

Allora non avevo capito.

Ora so: vincere non basta.

Non contro certi fantasmi.

Il sangue non laverà via nulla.

Perché anche stavolta, ha lasciato il suo segno.

Capitolo 1

Inciso nella Carne

8 FEBBRAIO 2025 – ORE 00.22

La chiamata è arrivata mentre stavo facendo il caffè.

"Omicidio. Metropolitana, linea verde. Fermata Moscova."

Voce secca. Nessun dettaglio. Solo l'urgenza che ti rimane appiccicata al respiro.

Cutini, il vice ispettore, guida in silenzio. Tamburella le dita sul volante.

Sempre lo stesso ritmo, quando è nervoso.

Il tergicristallo combatte con la pioggia, ma perde. Milano ci inghiotte nella sua pelle lucida e malata.

"Dicevano una donna. Giovane..." mormora lui, occhi incollati alla strada.

Non rispondo.

L'odore del caffè è rimasto sulla giacca.

Fuori, invece, puzza già di guaio.

***

8 FEBBRAIO 2025 – ORE 00.47

La scena è illuminata da fari troppo bianchi.

Il sangue risalta sul marmo dei gradini come in un quadro sbagliato.

La ragazza è stesa sul primo scalino che scende verso la metro, come se l'avessero lasciata cadere a metà di un addio.

Un braccio è piegato in modo innaturale, il viso girato di lato, quasi a voler evitare lo sguardo dei passanti. L'acqua della pioggia scivola sulle sue gambe nude, trasformando il trench chiaro in un sudario trasparente. La borsa giace abbandonata qualche metro più giù, in fondo alle scale, come un oggetto estraneo in questa macabra scena. È ancora chiusa.

18

Niente segni di colluttazione.

Solo tre coltellate. Precise.

Petto. Addome. Collo.

Santini della Scientifica è già lì, inginocchiato, di fianco al corpo.

Il telo copre quasi tutto, tranne una parte del busto.

Ed è lì che noto qualcosa di strano.

Inciso sulla pelle, appena sotto lo sterno, un simbolo che mi gela il sangue: un triangolo rovesciato, perfetto nella sua asimmetria, come un ghigno distorto.

Una linea netta lo taglia da parte a parte, una cicatrice che sembra urlare silenziosamente.

Non è un graffio casuale, ma un'incisione precisa che suggerisce un rituale macabro.

Un marchio. Ma di cosa? Di chi?

Mi si ferma il cuore.

Un conato di vomito risale l'esofago.

Santini mi guarda.

"La profondità del taglio e la precisione delle linee suggeriscono l'uso di un bisturi, non un semplice coltello. Non è una firma qualunque, ispettore. L'hanno fatto con calma. Dopo. Quando lei era già morta."

"Vuoi dirmi che è simbolico?"

"Decisamente."

Il triangolo è inciso con una precisione che fa pensare a qualcuno che l'ha già fatto. O che sapeva esattamente come si fa.

Santini tira giù il telo con rispetto.

"Una delle coltellate, quella al collo, è stata fatale. Le altre... forse per il gusto della lama."

Deglutisco.

Cutini si avvicina.

Sembra pallido. O solo più vecchio del solito.

"Non è un caso isolato" dice piano.

"Cosa intendi?"

"Quel simbolo... mi ricorda qualcosa. Ma non so se sia il caso..."

Lo fisso.

"Parla."

"Ho detto che mi *ricorda*, non che *so*."

Fa un mezzo sorriso che non arriva agli occhi.

E so che sta mentendo. O tenendo qualcosa per sé.

Il nastro rosso e bianco si tende sotto il vento.

Una signora, trattenuta a stento da due agenti, continua a urlare: "*Sono tornati!*"

Mi avvicino.

Il suo sguardo incrocia il mio.

"Non lasciarti impressionare, ragazzo. Io ho visto. Io so tutto. Sono tornati!"

Chiude con una risata che mi colpisce come un pugno nello stomaco.

Gli agenti la accompagnano verso l'ambulanza.

Credo sia pazza.

Nel frattempo, la pioggia continua a cadere.

Taglia i vestiti, entra nella carne.

Mi allontano.

Tiro fuori il telefono.

Chiamo Greco.

Non so cosa mi spinga a farlo.

Mi cade lo sguardo su quel triangolo.

Il bisturi. La calma. La scelta del luogo.

Non è rabbia.

Non è casuale.

È qualcosa che vuole essere visto.

Capitolo 2

Il Simbolo del passato

8 FEBBRAIO 2025 – ORE 01.28

Milano respira nella pioggia.

Lenta. Sporca. Antica.

Si stende nera davanti a me, spezzata solo dai riflessi tremolanti dei lampioni sull'asfalto bagnato.

L'auto vibra piano mentre spengo il motore.

Se mi hanno chiamato, dev'essere un fatto grosso. Prendo il mio impermeabile ed esco dall'auto.

Un'onda gelida mi investe.

Metto il piede in una pozza enorme. Maledizione.

Ma non potevo restare nel mio comodo ufficio?

Sono Roberto Greco, Commissario. Mi scomodano solo se qualcosa puzza davvero.

De Angelis mi saluta con un cenno esitante, quasi un'alzata di spalle. Ha il volto teso, gli occhi che guizzano tra me e il cadavere.

Non solo per la morte, intuisco.

C'è qualcos'altro che lo turba.

Cutini è a pochi metri, immobile come una statua.

Sguardo basso, batte ritmicamente le dita sulla balaustra. L'atteggiamento di chi sa qualcosa e la mastica da ore, soppesando se dirla o tenerla per sé.

Un silenzio pesante grava tra loro, una corrente sotterranea che sento scorrere sotto la superficie della scena.

Cammino verso il corpo coperto. Spunta solo un ciuffo di capelli scuri.

L'odore ferroso del sangue si mescola a quello della pioggia e del cemento bagnato.

Un tanfo nauseante di morte e fogna.

Osservo il corpo inerme della giovane donna che giace disteso sull'asfalto. Sotto il telo bianco, la sagoma è inquietantemente composta.

Una mano sporge appena, le dita contratte. Come a volersi appigliare a qualcosa.

La pioggia le carezza la pelle con una lentezza crudele.

Cutini, il Vice Ispettore, si avvicina.

"Probabilmente uno scippo degenerato" borbotta frettolosamente. "Alla fine non hanno rubato niente, la borsa è stata ritrovata in fondo alle scale della metro. Intatta."

Annuisco distrattamente.

Sto per chiedere spiegazioni per avermi scomodato a quest'ora mentre mi affretto a cercare riparo.

Poi aggiunge: "Dovresti... Dovresti vedere questo, Roberto."

Si avvicina al corpo mentre indossa i guanti.

Alza il telo, voltandosi dalla parte opposta.

Ed eccolo lì. Il Marchio.

Una ferita vecchia mascherata da incisione nuova.

Per un attimo, non vorrei essere qui.

Stasera la verità che ho sempre cercato di tenere nascosta sembra voler prendere vita.

Non è un caso.

Non è un improvviso *ritorno di gloria*.

È un messaggio.

Uno strumento antico, usato per i traditori. O per firmare i delitti delle Famiglie.

E ora è tornato.

Non era previsto.

Chi sta attaccato ai fili ha deciso di prendere vita propria. E di accelerare.

Ed io... Ora dovrò danzare ancora una volta nella polvere e nel sangue che pensavo di aver lasciato indietro.

E cercare di porre rimedio.

Sento il kebab ribellarsi alla digestione. Una goccia di sudore mi cade dalla fronte, mescolandosi alla pioggia malinconica che bagna imperterrita Milano.

Un movimento vicino al perimetro della scena mi distoglie dai miei pensieri.

Un *clic*.

Un flash.

La pioggia le incolla i capelli al viso, ma non la piega.

Tiene stretta la macchina fotografica, scatta rapida, come se ogni fotogramma potesse fermare la verità prima che scompaia.

Chiara Conti.

La giornalista caduta in disgrazia. Ma ancora troppo brava.

Malgrado tutto, la rispetto.

E la temo.

Mi avvicino.

"Non dovresti essere qui" le sibilo.

Sorride, tagliente come la lama di un rasoio.

"Ovunque c'è verità da scoprire, io ci sono."

Maledetta.

"Se vuoi la verità, chiedila a chi ha le mani sporche" dico stringendo i pugni, con una calma che tradisce il mio passato.

Mi sfida con lo sguardo. "Un simbolo come quello?" risponde, la voce ferma.

"Direi che c'è parecchio per me da raccontare."

Il mio sorriso si spegne. Le nostre facce quasi si sfiorano.

Sento il suo respiro sfiorarmi la pelle.

"Non è affar tuo."

"Davvero?"

"De Angelis!"

Il mio tono non ammette repliche.

L'ispettore corre.

"Portala via. In silenzio. E allargate il perimetro."

Chiara mi fissa un ultimo istante.

Poi si lascia accompagnare.

So che non si fermerà.

So che continuerà a scavare.

E stavolta… potremmo non essere pronti.

Capitolo 3

L'ombra dei Padri

8 FEBBRAIO 2025 – ORE 02.33

La legna scoppietta nel camino, ma il suo calore non raggiunge il gelo che mi soffoca le viscere.

Stringo il bicchiere di Jack Daniel's tra le mani. Fisso il telefono posato sul tavolino.

Un messaggio. Secco. Freddo.

Un numero sconosciuto, ma il tono del testo era inequivocabile.

Diretto, impersonale.

'Omicidio in via della Moscova angolo via Statuto. La polizia richiede una consulenza. Dettagli sul posto. Greco ti aspetta.'

Greco.

Solo il nome è sufficiente a farmi irrigidire.

Quasi spacco il bicchiere, serrando il pugno.

Non ci sentivamo da mesi. Avevo lasciato il lavoro con la polizia proprio per evitare queste situazioni, per liberarmi dal peso di quel legame che sembrava intessuto di compromessi e segreti. Ma lui era tornato.

Non lavoro più con lui.

Non faccio più parte di quel mondo.

Eppure...

Fuori, Milano affonda nel suo stesso fango.

Ogni lampione proietta ombre distorte, come i miei incubi.

La pioggia cade lenta, assorbendo i suoni della strada e lasciando nell'aria quell'odore metallico che conosco fin troppo bene.

Non so ancora perché, ma ho ceduto.

Sono sulla scena.

Attraverso il nastro.

Un agente distoglie lo sguardo, mentre sento il suo collega dirgli a mezza bocca *"Simo'... è arrivata l'FBI!"*

Non sono qui per fare amicizia.

Sono qui per necessità.

Il corpo non è ancora stato rimosso. Mi aspettavano.

Il telo della Mortuaria, ormai zuppo di pioggia, copre la vittima.

Sotto, intravedo un braccio bianco. Sangue rappreso intorno.

Alzano il telo. E, inciso sulla pelle del petto esposta, quel Marchio maledetto.

Alla vista, un brivido freddo mi percorre la schiena, risvegliando ricordi che avevo cercato di seppellire.

Devo fare un passo indietro

"No." Scuoto la testa.

Il mondo si restringe al perimetro del telo. Non sento più la pioggia.

Solo quel segno.

Greco è lì, appoggiato al muro con le braccia incrociate sul petto. Lo stesso sguardo freddo, lo stesso mezzo sorriso tagliente. Non era cambiato affatto.

"Ferrante. Puntuale come sempre, quando c'è odore di guai." La sua voce è bassa, controllata, ma con un guizzo di ironia che increspa gli angoli della bocca.

Non è un saluto, ma una constatazione, un modo per stabilire immediatamente il suo controllo sulla scena.

Mi fermo a pochi passi da lui, evitando di guardarlo negli occhi. "Perché io?"

Greco si stacca dal muro con una calma studiata. Fa un passo avanti, abbassando la voce. "Perché voglio il migliore."

Non trattengo un sorriso amaro.

Non vuole il migliore.

Vuole quello che non potrà tirarsi indietro.

Guardo il corpo.

Il Simbolo. Il sangue. La pioggia che lava via le ultime tracce di calore umano.

Ogni fibra del corpo mi dice di andarmene.

E sento che tutto è già deciso. Tutto è già scritto.

Inspiro lentamente, cercando di mettere ordine nei pensieri. Le mani si serrano in un pugno, involontariamente.

Il simbolo risaliva agli *anni d'oro* di mio padre Antonio, ai messaggi lasciati come firma sui regolamenti di conti.

Era il segno distintivo di famiglia.

Il Marchio dei Ferrante, per quanto ne so.

Una fitta sorda al petto. Il sapore metallico del sangue in bocca mentre il cuore accelera. Il respiro corto.

"Chi ha osato tanto?"

La voce mi esce bassa, rauca.

Greco abbassa lo sguardo per un istante. Come a cercare le parole nel Marchio.

Quando torna su di me, ha negli occhi qualcosa di diverso.

Un'ombra.

Una complicità.

Come se sapesse molto più di quello che mai ammetterà.

"Non ne ho ancora idea."

Mente.

E io lo so.

Capisco che sa. E che sono già dentro.

Cammino via dalla scena, con la pioggia che batte incessante sulle spalle.

Ogni goccia sembra un colpo.

Ogni ombra sembra un tradimento.

Non si torna indietro.

Non questa volta.

Il Simbolo inciso sulla carne non è solo un messaggio.

È un giuramento.

Un richiamo.

Un marchio.

E adesso...

Adesso diventa anche il mio.

Anche se non ho mai voluto.

Non ho scelta.

Capitolo 4

Vecchie ferite

8 FEBBRAIO 2025 – 09.30

Milano respira ancora la pioggia della notte.

Le strade sono fiumi grigi, lucidi, inghiottiti dal traffico lento del mattino. La scena del crimine in via della Moscova è ormai stata sgomberata, ma l'odore della morte resta appeso nell'aria come un cappotto invisibile.

Cammino lungo il marciapiede, ripensando a Ferrante.

Il modo in cui ha reagito alla vista di quel simbolo... non era solo orrore.

C'era qualcosa di personale, di profondamente radicato.

Un colpo al cuore.

E Greco lo ha capito subito. L'ho notato nel suo sguardo: mentre Ferrante cercava di mantenere la calma – e da buon profiler, ci riesce dannatamente bene – gli occhi del Commissario brillavano di un cinismo da far gelare il sangue.

Un cacciatore che non molla la preda.

Sta giocando con questa leva, spingendo Marco sempre più verso l'orlo del precipizio.

Li ho visti andare verso l'auto di Greco, Ferrante con quella sua aria distaccata, andatura rigida e le mani nelle tasche. Roberto, invece, con un mezzo sorriso stampato in faccia. Il sorriso di chi sa. Di chi aspetta solo che tu dica sì.

Mi fermo accanto a una panchina fradicia.

Sento il bisogno di saperne di più su cosa lega questo brutale omicidio al passato di Antonio Ferrante.

Ho provato a fare qualche domanda agli agenti che erano sulla scena, ma si sono chiusi a riccio.

Occhi sfuggenti. Risposte secche. Silenzio che sembra raccontare molto.

C'è un ordine preciso di tenermi fuori da questa storia. E so già chi lo ha impartito.

E questo, ovviamente, non fa altro che aumentare la mia curiosità.

8 FEBBRAIO 2025 – ORE 09.47

Nell'ufficio di Greco l'aria è spessa, carica di fumo stantio.

Il Commissario passeggia nervoso avanti e indietro. Il mozzicone di sigaretta che tiene tra le dita brucia lentamente, lasciando una scia opaca.

Sono seduto sulla scomoda sedia di fronte alla scrivania, le mani giunte e lo sguardo fisso su un punto imprecisato del pavimento.

"Allora, Ferrante?" la voce di Greco è roca, tagliente come una lametta da barba. "Quel simbolo... ti dice qualcosa, vero?"

Alzo lentamente lo sguardo. Il mio volto è impenetrabile.

"Ho detto che potrebbe esserci un collegamento con mio padre. Nient'altro. Dovrei avere più dettagli. Potresti darmeli tu."

Greco si ferma, alza la testa ed indugia su di me, come un predatore che valuta la sua cena.

Poi, un sorriso si allarga sul suo volto, ma è un sorriso freddo, calcolato, che non raggiunge mai gli occhi, che restano fissi e penetranti.

So cosa stai facendo, penso, ma la consapevolezza è una gabbia da cui non riesco a fuggire.

"Non fare il prezioso con me, Marco".

Si avvicina.

"Quel simbolo non è roba da poco. Potrebbe riaprire vecchie ferite, far saltare equilibri che è meglio non toccare."

La tensione e la puzza di sigaretta mi stanno uccidendo.

Serro la mascella.

"A cosa ti riferisci, Commissario?"

Greco sorride, inclinando leggermente la testa, mentre spegne il mozzicone nel posacenere stracolmo. La cenere cade come neve sporca.

"Diciamo solo che ci sono persone che preferirebbero che certi fantasmi rimanessero nel passato.

E tu, Ferrante, sei un fantasma che cammina."

***

8 FEBBRAIO 2025 – ORE 10.01

La pioggia continua a cadere.

Sbatte sui vetri della Questura come dita nervose.

Finalmente esco.

Ogni passo verso l'auto sembra più pesante.

Vecchie immagini mi assalgono.

La voce di mio padre, Antonio, mentre incide quel Simbolo su un pezzo di legno.

"Questo marchio protegge i nostri. Ricordatelo, Marco. Protegge… ma costa. E chi lo porta non comanda. Mai."

Il fuoco scoppietta, gettando ombre tremolanti sui muri umidi di Villa Ferrante.

Avevo solo dieci anni, ma sentivo già il peso di quella verità.

Ora, eccola tornata.

Con il sangue.

Greco vuole tenermi vicino. Vuole usarmi.

Ma questa volta, chi tira i fili… rischia di restare impigliato.

Capitolo 5

Conti in sospeso

8 FEBBRAIO **2025** – ORE **10.12**

L'aria gelida di questa mattinata buia mi entra nelle ossa.

Mentre mi avvio verso il mio appartamento, ripenso all'omicidio di quella donna.

A quella mano che cercava un appiglio nel vuoto mentre stava spirando. Vorrei parlarne da giornalista, ma ormai non lavoro più per nessuna testata. Mi sono rimasti i social. Più tardi farò un post su Instagram. Magari smuove qualcosa.

Anche perché Greco mi ha messo nel mirino, lo sento.

E voglio liberarmi in fretta delle sue attenzioni.

Le sue parole con Ferrante – anche se captate solo in parte – erano un avvertimento nemmeno troppo velato.

Vuole tenere questa indagine sotto il suo controllo. E il coinvolgimento di Marco, per quanto ambiguo, sembra fargli comodo. Come probabilmente il mio.

Ma perché tanta reticenza?

Cosa c'è di così scottante nel passato di Antonio Ferrante da dover essere insabbiato anche ora? E cosa in quello del Commissario?

Non sarò io a portare il silenzio che vogliono.

La storia di quella ragazza merita di essere raccontata.

E io, Chiara Conti, ho ancora qualche asso nella manica.

Devo solo capire da dove cominciare a tirare i fili di questa dannata ragnatela.

E il primo filo da seguire, stranamente, potrebbe essere proprio Marco Ferrante.

Lui sa qualcosa.

Lo leggo nei suoi occhi.

E prima o poi, glielo farò confessare.

***

8 FEBBRAIO 2025 – ORE 11.00

Ci sono parole che ti inseguono per dieci anni. Ma ce n'è una sola che le batte tutte.

Merda.

Ecco. 'Sta storia è una merda. Sempre stata.

Ma che mi è venuto in mente?

M'accenno 'na sigaretta, riparandomi sotto la tettoia de un bar chiuso.

Io non rispondo mai alle chiamate da numeri che non conosco, tutti 'sti call center del cazzo...

"Ciao! vuoi passare la tua linea fissa a ..." so' le uniche parole che ho sempre sentito prima di riattaccare. Io manco ce l'ho la linea fissa!

E oggi l'ho fatto. Segno del destino? Po' esse.

Ma io al destino non ce credo più. Da anni. Da quando quel pazzo de Francesco s'è fatto sistemà per bene da quei criminali.

Non era un'operazione semplice, ma era studiata perché tutto filasse nel migliore dei modi. Poi...

Poi un cazzo. Poi il sangue. Rosso. Vivo. Non è un cazzo de ossimoro, è quello che ho visto davanti l'occhi mia.

C'è cascato co' tutte le scarpe quel cretino. Eppure...

Eppure eravamo stati attenti. Avevamo seguito ogni traccia possibile ed eravamo d'accordo co' le squadre de' supporto. Ma nun se so' mai viste 'ste squadre de supporto.

Eravamo io e Fra. Eravamo. Mo' so' rimasto solo io. Luca Rinaldi. Ex Ispettore Capo in forza alla Questura de Milano. Io che ho sempre pensato che la cosa più bella de Milano fosse er treno pe' la mia amata Roma.

E ce dovevo rimane' a Roma mia.

Me pareva d'esse figo a venì al Nord. Milano. Ma a Roma se ride. Qui s'affoga...

Le strade so' tutte uno specchio de pioggia e de luci spezzate.

Non capisco ancora come non c'ho lasciato le penne pure io quella maledetta domenica sera.

Coordinati da Greco eravamo pronti pe' fa irruzione nel covo degli scagnozzi della famiglia Ferrante.

Entra prima Francesco. Se solo fossi andato prima io... Lui non avrebbe mai lasciato quella pora creatura de' due anni. Avrei lasciato il mondo io, che de' caro nun c'avevo – e nun c'ho – nessuno.

Ma tanto tutto torna.

E, infatti, *ariecchelo*, come se dice a Roma.

Greco.

Me se accappona la pelle solo a ripetemelo nella testa, er nome suo.

Pensa quando cinque minuti fa ho sentito la voce sua ner telefonino.

So' passati dieci anni da quel blitz. Ma io me lo ricordo ancora come se fosse successo stanotte. Vedo la faccia de Francesco che me implora aiuto, col sangue suo che me scorre addosso.

Nun ce potevo fa' niente.

Le squadre de supporto... 'Ndo cazzo stavano?

Un'idea me la so' fatta. Greco.

Che poi alla fine ha vinto lui, m'ha mannato bevuto sostenendo che fossimo stati io cor poro Fra a dà le coordinate sbajate ai colleghi.

Io che mo' devo fa l'Investigatore privato pe' sopravvive.

Tanto, caro Greco, er karma è 'na rota che gira pe' tutti.

M'hai dovuto cerca' ancora.

'Sta storia non è mai finita, è un conto aperto.

Sai che so' er mejo, mica pizza e fichi... M'hai dovuto fa' fori perché t'avrei beccato subito.

E mo', gli sbirri hanno di nuovo bisogno de me.

Er Questore t'ha detto de chiamamme come Consulente Esterno. Insieme al Profiler, quel Ferrante.

Che non me la racconta giusta manco lui. Ma sento che, rispetto al 'Commissario', nun nasconne niente de macabro.

Greco. Arrivo a datte 'na mano.

In faccia, se dice a Roma mia.

Capitolo 6

Segni sulla pelle

12 FEBBRAIO 2025 – ORE 22.10

Stessa ora.

Stessa mano.

Stessa pioggia.

Cambia soltanto la via. Viale Monza, incrocio via dei Transiti. Scale della metropolitana.

Almeno stavolta il Jack Daniel's è rimasto intatto.

Non rispondo subito. In fondo, il morto non scapperà.

Vado nel mio studio, apro il portatile per vedere se qualche notizia è già in rete. Niente.

Controllo quanto ci vorrà per arrivare sul luogo del delitto: dieci minuti, passando da Corso Buenos Aires.

Mi alzo e vado in bagno. Una zaffata calda mi frusta appena apro la porta. Avevo acceso lo scaldino per farmi una bella doccia. La farò dopo.

La crepa sullo specchio mi taglia in due. Una metà guarda avanti. L'altra, indietro. Con paura.

Infilo la giacca, prendo le chiavi dal tavolo e scendo in strada.

Corso Buenos Aires sembra deserta. La pioggia cade incessante da due giorni. Le luci dei lampioni tremano nei riflessi sull'asfalto bagnato.

Una sagoma solitaria sul marciapiede. Mi guarda? No. Forse guarda solo la strada, sperando che nessuno sollevi una pozza d'acqua.

Arrivo sulla scena del crimine e trovo ad accogliermi tre volanti piazzate ad illuminare il cadavere con i fari.

De Angelis si limita ad un cenno del capo e alza il nastro.

Noto subito il corpo sotto il telo zuppo d'acqua nonostante la tenda mobile. Una giovane donna. Stavolta bionda. La mano sporge verso le scale della metro. Come se volesse aggrapparsi a qualcosa. Forse, all'ultima speranza prima del buio.

Greco, nonostante la riluttanza che lo ha sempre contraddistinto nell'andare sulle scene, è vicino al corpo, a parlare con i tecnici della Scientifica. Giacca fradicia, una smorfia incisa sulla faccia.

Non è un sorriso. È un ghigno. Macabro.

Ma questa volta non è lui a catturare la mia attenzione.

Luca Rinaldi.

È appoggiato al muro, con la sigaretta che brucia fioca nell'ombra del cappuccio. Il suo sguardo è un misto di stanchezza e rancore, un'ombra del poliziotto che avevo conosciuto anni fa. Mi ha visto. Mi stava aspettando.

"Ferrante."

La sua voce è ruvida come carta vetrata.

Dedico la mia attenzione al corpo, ignorando la tensione che mi sta stritolando le spalle. "Che ci fai qui?", gli chiedo, come se non lo potessi immaginare da solo.

Luca getta la sigaretta a terra, oltre il perimetro, schiacciandola sotto il tacco dello stivale.

"Greco ha chiesto 'na consulenza esterna. E pare che abbia scelto proprio me. Che culo!"

Trattengo a stento una risata amara. "Non sapevo che foste amici."

"Nun lo semo. Non da quel giorno der cazzo."

Fa un passo avanti, la voce bassa. "Ma quando qualcuno inizia a lascia' li simboli della vecchia rete de Antonio, forse è il caso de mette da parte le divergenze."

***

12 FEBBRAIO 2025 – ORE 22.19

Greco ci raggiunge.

Non dice nulla.

Si toglie i guanti ormai spellati e si accende l'ennesima sigaretta.

Il ghiaccio è più caldo dello sguardo che mi riserva.

Torno a guardare il telo che copre il corpo. Una ciocca di capelli spunta dal bordo.

"Voi vede' er disastro?" mi chiede Luca con un ghigno che sa di sfida sulle labbra.

Non rispondo.

Al cenno di Greco, l'agente della Scientifica scopre il corpo.

Eccolo.

Il triangolo rovesciato attraversato da una linea. Perfetto, pulito.

Una lama di freddo mi attraversa la schiena. Il sangue mi si gela nelle vene.

E no, non è dovuto alla pioggia.

Rinaldi guarda il cadavere, poi me.

"Vedi, Ferrà... la Famiglia nun more mai. Seppellisci i corpi... ma li fantasmi? Quelli stanno sempre a torna'!"

E sotto la pioggia battente, davanti a quella carne marchiata, so che ha ragione.

I fantasmi sono già qui.

Non è più solo il Marchio.

È un messaggio.

'Prego Marco, per l'Inferno segua la freccia'.

***

1995

"Papà, Papà! Guarda, Leonardo ha trovato Maldini! Fichissimo!"

"Bene" papà sorride appena. "Vorrà dire che ora avrete modo di continuare ad aprire quei maledetti pacchetti ed attaccare le figurine di quei quattro arricchiti in pantaloncini!"

Papà è sempre così scontroso quando si parla di calcio, ma non mi fa mai mancare le figurine! Stiamo facendo a gara con Leo: chi finisce prima l'album mangerà la merendina dell'altro per un mese a ricreazione.

Devo assolutamente vincere.

Maldini era uno dei pochi che mancava ad entrambi, ma sono ancora in vantaggio.

"Marco, ora papà deve parlare con un signore. Vai con Leo in camera tua. Quando avrò finito, andremo a prendere un gelato... E anche a trovare la mamma, va bene?"

Bellissimo. Deve essere qualcosa di importante per il lavoro di papà se dopo andiamo a prendere il gelato... E dalla mamma.

Ormai è un anno che ci ha lasciato. Mi manca da morire.

Papà dice che quando sarò grande capirò. Per ora devo solo sapere che mi ha tanto amato e che, se fosse stato per lei, non mi avrebbe mai abbandonato.

Oh-oh.

Sento delle urla dal salotto.

"Ma che stai dicendo!" – è la voce di papà, dura e fredda – "con quel dannato io non ho mai stretto un accordo!"

Ho un brivido. Papà raramente si arrabbia così.

"Calmati, Antonio. Io ti sto solo riportando quello che mi è arrivato all'orecchio in ufficio."

Questa voce non la conosco. È la prima volta che la sento, ma mi mette a disagio. Il tono è calmo. Troppo calmo.

"Calmati un cazzo, Roberto! Di questo passo finiremo tutti e due in mezzo ai guai! Una cosa del genere non è possibile gestirla da pivelli!"

Roberto.

"Lo so, ma non posso farci nulla. Sono arrivati prima di me... Lo sai che se c'è anche un vago sentore di problemi, mi fiondo per rimettere le cose a posto."

"Lo so, ispetto', lo so." Papà ora parla piano. *"E infatti ora ci andrai. E di corsa."*

"Antonio, non minacciarmi. Che poi..."

"Che poi... che? Che non potrei fare ciò che faccio ora? Ricorda: sei un ispettore solo grazie al sudore della nostra Famiglia. Altrimenti stavi ancora consegnando i pacchettini nell'hinterland per i Romano!"

"Hai ragione." La voce di Roberto diventa bassissima, quasi non la sentiamo più. *"Per farmi perdonare ti ho portato un piccolo dono..."*

Apro piano piano la porta della cameretta. Leo è in silenzio dietro di me. Stiamo giocando ai due poliziotti, vogliamo sapere questo Roberto cosa ha regalato a papà.

Vedo un giacchetto tutto nero. Sulla spalla c'è una... Come si chiamano... Ha anche un simbolo rosso...

"Leo, come si chiamano quelle cose che ci mettono sui vestiti quando li buchiamo?"

"Toppe!" dice Leo. Troppo forte.

Si girano entrambi verso di noi.

Gli occhi di papà sono scuri, pericolosi.

Rientriamo in camera e cerchiamo di incollare figurine. Ma le mani tremano.

La porta sbatte.

"Antò, questo simbolo è l'ennesima volta che la scientifica lo ritrova su scene del crimine." La voce di Roberto è più bassa,

tagliente. "Scene vicine alla Famiglia. Non posso esserci sempre, sappilo."

Il cuore mi batte forte.

E capisco che papà e Roberto stanno parlando di qualcosa di grosso.

Di pericoloso.

Capitolo 7

Tre

12 FEBBRAIO **2025** – ORE **23.59**

La porta sbatte alle mie spalle con un tonfo sordo.

L'odore di pioggia e umidità impregna l'aria del soggiorno. Ho lasciato la finestra aperta.

Il bicchiere di Jack Daniel's mi aspetta sul tavolo, come un complice stanco.

Tolgo la giacca, ancora bagnata, e la lascio cadere sui miei piedi.

Ogni passo scricchiola. Le assi del pavimento sembrano lamentarsi. Come se anche la casa sapesse.

Mi butto sul divano.

La stoffa è gelida, come se anche lei avesse perso la voglia di accogliermi.

Devo evadere.

Non posso continuare a bruciarmi i neuroni con questo maledetto caso.

Preferisco bruciarli con l'alcol.

Almeno quello anestetizza.

Perché ho accettato?

Il caso mi si è incrostato sotto la pelle, un tarlo che rode senza sosta.

Non riesco a smettere di pensarci. Mi perseguita nei sogni, mi strappa al sonno, lascia gli occhi iniettati di sangue e un nervosismo che esplode al minimo rumore.

Sento che mi sta consumando, che mi sta isolando dal resto del mondo, ma non riesco a fermarmi.

Potevo spegnere il telefono.

Potevo chiudere la porta.

Invece sono tornato dentro. Dentro l'inferno.

Perché tutto questo riguarda me. E mio padre.

E stasera ne ho avuto la conferma.

Secondo omicidio.

Seconda giovane donna.

Tre coltellate: petto, addome, collo.

E il Simbolo inciso sulla pelle, chirurgico, spietato.

Non può essere un caso.

Non può essere un semplice emulatore.

Come profiler, analizzo ogni dettaglio.

Scompongo la scena. Ricostruisco la dinamica. Cerco un movente.

La mano è ferma, sicura.

Nessuna esitazione nel tratto. Questo non è un amatore.

Potrebbe essere qualcuno abituato a dominare il bisturi, la penna, o un ago.

Precisione ossessiva. Ogni marchio è identico, ma mai esattamente lo stesso.

Come se ogni segno respirasse.

Come se la carne stessa volesse ricordare.

Eppure... il cervello non basta.

Qualcosa di più profondo, di più oscuro, si agita dentro di me.

Un sussurro nella carne.

Qualcuno vicino alla Famiglia. Romano o Ferrante.

Qualcuno che conosce i vecchi codici. E li usa per parlarmi.

Non so ancora cosa vogliono.

Non so ancora cosa cercano.

Ma so una cosa.

Tutto riporta al numero 3.

E per ora... siamo solo a due.

Manca ancora il terzo.

Capitolo 8

Sangue e Radici

15 FEBBRAIO 2025 – ORE 16.33

Dannazione!

Ho provato a chiamare tutti i miei contatti... Niente. Solo bocche cucite. Nessuno parla.

Nessuno mi ha avvisata della seconda ragazza morta.

Per ora, la mia occasione di agganciare Marco Ferrante è volata via così.

"Chiara? Ma mi stai ascoltando?"

La voce di mamma mi riporta alla realtà.

"Scusa, mamma... Dicevi?"

"Eh, dicevo... Ho sentito al telegiornale che ultimamente Milano è diventata un posto brutto... Tutti quei fattacci di cronaca nera... So bene che è il tuo lavoro, ma sono preoccupata per te!"

Solito copione. Ogni volta che accade un omicidio a Milano, come per magia, mia mamma mi chiama da quel di Casale Monferrato e mi fa la paternale sulla pericolosità di questa città.

Come se gli omicidi accadessero solo qui.

"Mamma, te lo ho detto mille volte... Stai tranquilla! Ormai in queste storie ci entro poco e nulla. Lavoro come freelance, i casi più grandi li posso, al massimo, guardare col binocolo!"

Bugia. Se solo sapesse davvero in cosa mi sto infilando... Se scoprisse che questi due omicidi sono tra i più orrendi che Milano abbia visto negli ultimi dieci anni e, soprattutto, che sono legati a Ferrante, mollerebbe il telefono e verrebbe a trascinarmi via per un orecchio.

"Free...che? Va bene dai, però ti ho chiamato pure perché qui il giornale locale sta cercando collaboratori ben pagati..."

Eccola che riparte.

Fosse per lei, dovrei seguire il calcio.

Nemmeno. A volte c'è pericolo pure lì.

"Dai mamma, ci penso. Ora devo scappare."

Riattacco senza ascoltare la risposta.

Lancio il telefono sul tavolo.

Le mie mani tremano mentre recupero l'ennesima scatola con i fascicoli dei vecchi omicidi legati al clan Ferrante.

Ho passato l'ultima ora a scartabellare in cerca di un nome. Una connessione. Qualcosa che mi riporti a Marco Ferrante, o a quello che si nasconde dietro il Marchio.

Scarto un fascicolo più vecchio, etichettato *Attività economiche sospette 1995–1999'*.

Non era tra quelli che mi servivano... ma un post-it piegato sporgeva da sotto un faldone dedicato ai Romano.

Forse un errore dell'archiviazione, penso.

Apro per curiosità.

Una foto mi scivola tra le mani.

È leggermente scolorita dal tempo. Due auto di lusso sullo sfondo, tre uomini sorridenti in primo piano.

'Antonio Ferrante, 35 anni, con i soci del Club AutoElite: Massimo e Luca Romano.'

Il sangue mi si gela.

Quella foto non doveva essere qui.

E soprattutto... non sarebbe mai dovuta esistere.

Che diavolo faceva Antonio Ferrante con il suo acerrimo rivale Massimo ed il fratello?

Devo scoprirlo. Anche se questo significherà scavare tra i fantasmi del passato.

So che riaprirò in me ferite profonde, ma sento che tutto quello che sta succedendo ora è legato a questa foto.

Ma perché con i Romano?

Ancora un altro brivido.

Un sentore amaro.

E la certezza che la verità è nascosta da troppo tempo.

Antonio sa qualcosa. E io devo scoprire cosa.

***

16 FEBBRAIO 2025 – ORE 09.53

Prima o poi avrei dovuto affrontare questa situazione. Ma non era nelle mie intenzioni farlo oggi.

In vent'anni, ho varcato questa soglia una decina di volte in tutto per lui. E tutte nel 2007.

Attraverso il cortile della Casa Circondariale.

Ogni passo risuona come un tamburo.

Avevo deciso di cambiare vita dopo l'ultima visita.

"Non sei come me, Marco. Ecco perché vincerai."

Non ho mai capito il senso di questa frase. Se dovesse suonare come una minaccia o come una liberazione.

Ho scelto la liberazione.

Nascondere il mio passato si era rivelata la scelta migliore. Una liberazione, appunto.

62

Fino ad una settimana fa.

Ora ho il sentore che sia stata una maledizione.

"Dottor Ferrante, siamo in attesa che ci raggiunga."

La voce della guardia spezza i miei pensieri.

Mi accorgo che le mie ascelle sono pezzate.

Nonostante ciò, ho un brivido di freddo.

Non sono pronto. Ma non ho scelta.

∗∗∗

16 FEBBRAIO 2025 – ORE 09.59

"E che tu sia dannato!"

La mia voce rimbalza sulle pareti sudicie.

"Antò, che ci potimm' fa. Io ci ho provato... Meglio così che la via ufficiale..."

La voce dell'avvocato mi infastidisce più dei *braccialetti*.

"Va bene. La via ufficiale è l'ultima cosa che voglio. Rischierebbe di venire a galla troppo passato."

Anche se già così, ma all'avvocato non lo dico, sono certo che verranno fuori troppe cose che dovevano restare sepolte. Per sempre.

"Ferrante!! Ci sono visite!"

Ascanio mi avvisa con la sua rude gentilezza.

Una fitta al petto.

Lo sento. Sta arrivando.

Pochi passi e, finalmente, Marco sarà davanti ai miei occhi.

Quasi venti anni.

So già perché è qui.

Povero ragazzo.

Non può sapere quello che sta per risvegliare.

***

16 FEBBRAIO 2025 – ORE 10.02

Diciotto anni. La distanza esatta tra chi ero e chi sono ora. Ma davanti a me… tutto è fermo.

Eccolo.

Sta fissando la crepa che segna il tavolo in ardesia. Sembra guardarci dentro.

È seduto su una sedia traballante che sembra poter cedere da un secondo all'altro. Mi dà le spalle.

"Ti aspettavo."

Resto impietrito a due passi dalla mia seduta, senza guardarlo in faccia.

"*Antonio…*"

Mi faccio coraggio. Lo guardo in faccia.

Il cuore perde la sua regolarità.

Non è cambiato di una virgola.

Solo la sua voce è più roca di quella che ottura i miei ricordi.

La luce fredda disegna solchi profondi sulle sue guance. Rughe importanti. Rughe che parlano.

I *braccialetti*, come li chiamava lui, scintillano sotto la luce al neon della stanza.

I suoi occhi. Freddi come l'ardesia che ci separa.

Cerco di non incrociarli.

"Sapevo che saresti tornato, prima o poi."

Un brivido. Tento di rimanere distaccato.

"Non sono qui per te." Evito il suo sguardo, la voce tesa.

Mi siedo molto lentamente. Le mie mani sono ricoperte di sudore.

Antonio solleva un sopracciglio, un'ombra di tristezza negli occhi.

"Davvero? E allora per chi?"

La domanda riecheggia nella stanza, carica di un passato non detto.

Già sa perché sono venuto.

Resto in silenzio. Lo scruto.

"Già… per le ragazze. Quelle morte ammazzate." Dice con una punta di soddisfazione.

Mi irrigidisco. E lui percepisce il disagio.

Sorride.

Quel sorriso marcio di chi sa sempre più di quanto dice.

"Sono qui per il simbolo. Il tuo Marchio."

Questa volta è lui a bloccarsi. Mi fissa.

"Qualcuno lo sta usando. Non come firma, ma come messaggio. Per me, *papà*."

"Allora sono rinate, Marco."

La sua voce è un sibilo.

Sudo. Tremo. Respiro a metà.

Per un attimo, vedo mio padre come non l'ho mai visto:

non un uomo.

Una voragine.

"Anzi, non sono mai morte. Sono soltanto andate in pausa. Sai, da quando sono qui in villeggiatura... come la chiamano quelli senza memoria."

Lascia in sospeso quella maledetta frase. *"In villeggiatura"*. Come se da qua dentro non avesse mai orchestrato nulla.

Inspiro a fondo.

Cerco di mantenere la calma.

Il lato del profiler prende il sopravvento sul Marco figlio.

Provo a fargli dire qualcosa in più.

"Cos'è rinato, Antonio?"

Si sporge leggermente in avanti.

Gli occhi scuri e profondi hanno una scintilla dentro. Brillano di una luce inquietante. Una luce pericolosa.

È follia.

"Le radici del male, Marco. E sono più profonde di quanto pensi."

Mi gelo. Ma ci provo.

"Taglieremo anche quelle. Prima o poi, marciranno."

"Non sai cosa hai per le mani, Marco. Ti illudi di analizzare il Simbolo come fosse un file da aprire. Ma il Simbolo... ti entra dentro."

Capisco che stavolta...

Questa volta non basterà fuggire.

"Quel simbolo proteggeva. Uccideva, sì... Ma con ordine. Ora... è solo una preghiera distorta."

"E chi starebbe distorcendo la tua creatura, *paparino*?"

La voce mi è uscita più stridula di quanto pensassi. Mi sta fissando. Il suo sorriso sornione mi sta togliendo l'aria.

"Chi non ha più niente da perdere. O chi ha aspettato troppo a lungo."

Sa molto più di quanto lasci trasparire... Ma non ho più la forza di chiedergli altro.

Si alza, fa un cenno al secondino e poi mi scruta dall'alto in basso.

"Devi scegliere: da che parte vuoi stare, Marco?"

"Non ho intenzione di diventare te."

"Il sangue non mente. Ma so che tu puoi riuscirci."

"Non sei come me, Marco. Ecco perché vincerai. Giusto?"

Il secondino lo porta via sottobraccio. Ma questo non gli impedisce di farmi sussultare.

Con la sua calma serafica chiude il nostro incontro:

"Le radici sono nel sangue. E il sangue, Marco... non si può lavare."

Capitolo 9

Nessuno è al sicuro

25 FEBBRAIO 2025 – ORE 23.42

Le parole di Antonio mi scavano ancora dentro.

E ora, su questa scena di sangue, capisco cosa voleva dire: avrei dovuto essere il suo erede.

Ma qualcuno ha deciso di farmela pagare. Cammino nella scia di morte che mi ha lasciato.

"Il tre è il numero perfetto. Ma va sempre moltiplicato per tre" diceva Antonio.

Tremo.

De Angelis mi intercetta al volo e mi indica Greco e Rinaldi, fermi accanto al telo bianco.

Le loro facce hanno perso ogni maschera.

"Mio caro Ferrante... Credo che dovresti cominciare a guardarti le spalle."

"Mai fatto, Commissario. E non inizierò ora."

La vittima stavolta è un uomo.

Un dettaglio che non riesco a ignorare.

Vuoi vedere che non centra nulla con il 'Simbolo'?

Greco, con una voce che graffia, mi racconta cosa è successo.

"Davvero una brutta storia. Stava portando a spasso il cane, poveretto. E l'hanno fatto a pezzi. Nove coltellate. Il noto Simbolo, ma questa volta sembra che l'assassino ci abbia messo ancora più rabbia... Più gusto. E poi..."

Si interrompe.

Un brusio alle mie spalle.

Un agente sta discutendo con qualcuno.

"Signora, non può passare."

"Risparmiamoci le formalità, agente. E non mi chiami *signora*, grazie."

Quella voce.

Ruvida. Tagliente. Sicura.

Troppo sicura, per una che è stata buttata fuori da ogni redazione che conti qualcosa.

Mi volto.

Chiara Conti è lì.

Oltre il nastro della scientifica. Taccuino stretto nella mano destra.

Sta lottando per restare sul posto, ma il giovane poliziotto davanti a lei non molla.

"Ferrante!" mi chiama, senza guardarmi. "Vuoi spiegare a questa recluta che non sto cercando di contaminare la scena del crimine, ma solo di fare il mio lavoro?"

Rinaldi si avvicina sbuffando, braccia incrociate.

"Er lavoro tuo nun prevede lo sfondamento delle linee della polizia."

Lei alza un sopracciglio, affilata.

"Ah, davvero? Perché qualche anno fa non sembrava un problema, quando i tuoi colleghi mi passavano tutto sottobanco."

Silenzio.

Ho visto Rinaldi irritarsi molte volte.

Ma Chiara ha un talento speciale nel far saltare i nervi alla gente.

Faccio un passo verso di lei.

"Che vuoi, Conti?"

Mi squadra. Poi lancia uno sguardo alla scena del crimine.

"Un uomo, stavolta."

Non è una domanda, è un'osservazione.

"Vuoi farmi credere che sia lo stesso killer?"

Rinaldi si passa una mano sulla faccia. Greco fissa il nulla, impassibile.

Lei torna su di me. "Se il tuo amico ha cambiato schema... allora qualcuno gli sta facendo perdere il controllo."

Il tuo amico.

Non dice 'forse'.

Lo afferma. Guardandomi dritto negli occhi.

E questo mi preoccupa più del dovuto.

"*Amico mio?* Ti piace spararle grosse, Conti."

De Angelis taglia l'aria con la voce. "Qui non siamo in un talk show. Ora levati di torno."

Chiara alza le mani.

"Va bene, va bene. Non voglio rubarvi il palcoscenico."

Si gira per andarsene.

Ma prima mi lancia un ultimo sguardo.

Nessuna ironia, solo urgenza.

"Ti conviene sbrigarti, Ferrante. Perché se c'è una cosa che ho imparato, è che quando qualcuno perde il controllo... le cose precipitano in fretta."

E se ne va, con quella sua solita andatura sicura, lasciando dietro di sé una scia di dubbi.

E di profumo.

Rinaldi scuote la testa. "T'avevo detto che quella è come l'umidità... quanno meno te l'aspetti, te entra dentro."

Lo schema è saltato. Ora, nessuno è al sicuro.

Capitolo 10

Il fascicolo

L'ufficio di Greco puzza sempre più di sigaretta. Da quando si è unito anche Rinaldi alle indagini, c'è più fumo qui che in un incendio.

"Quella pazza... Prima ha provato a distruggermi personalmente, ora vuole soltanto riabilitarsi sfruttando te e tuo padre."

"Già. Peccato che con me non ha nulla da pescare..."

"Ferrante, cosa vorresti dire?"

Gli brucia ancora. Greco non ha mai digerito che gli siamo arrivati così vicino. Lui e la sua combriccola se la sono cavata per un soffio.

Rinaldi è una statua. Mascella contratta, lo sguardo che guizza tra me e Greco, come se si aspettasse un colpo da un momento all'altro.

Greco si è salvato ed è ancora lì. Luca no. Questo dice tutto.

"Niente, Roberto. Non voglio dire nulla che non riguardi questo caso. Piuttosto, hai notizie dal medico legale?"

"Sì, mi ha confermato la morte per dissanguamento. La vittima si chiama… Francesco Romano, anni 67."

Un'ondata di freddo mi investe, come se il sangue nelle vene si fosse trasformato in ghiaccio.

Quel cognome mi esplode nella testa, un colpo sordo che mi fa vacillare.

Il mondo intorno a me si restringe, e le dita si contraggono istintivamente, conficcandosi nel palmo della mano fino a far male.

Sobbalzo. Solo allora mi accorgo di quanto sono teso.

Rinaldi mi fissa, sospettoso. "Te dà fastidio er fumo, Ferra'?"

"Mi ha anche detto che il fendente principale era netto, senza esitazioni. Letale, ma pulito. Lo strumento… compatibile con una lama doppia ben affilata, tipo pugnale."

Luca interviene prontamente. "Eh, ma er Simbolo?"

Greco socchiude gli occhi. Sbuffa.

"La dottoressa Gentili ha detto che era come i precedenti. Inciso con precisione millimetrica. Nessuna reazione infiammatoria. Post-mortem."

"Quindi il nostro amico ha studiato. O ha lavorato in ambienti dove il controllo delle mani è tutto."

Annuisco.

"Un chirurgo. Un artista. O un paziente ossessivo. Ma non uno qualunque."

"E quindi voleva solo lasciacce un bel messaggio. Pulito. Nun se poteva ignorà."

Greco spegne la sigaretta, il gesto lento e calcolato, come se volesse guadagnare tempo.

Un sorriso gli si allarga sulle labbra, ma è un sorriso spento. Gli occhi restano fissi, quasi vitrei.

Percepisco una vibrazione, un'incrinatura nella sua solita sicurezza.

Paura. Una paura che si sforza di mascherare, ma che tradisce una verità inconfessabile.

"Ferrante... che succede? Quel nome ti ha evocato qualcosa?"

Sa. E anche troppo, per i miei gusti.

"Devo dire che non mi aspettavo questa reazione... Rinaldi, puoi andare a chiamare De Angelis per favore?"

Luca lo guarda con gli occhi socchiusi ed esce. Forse non ha capito nulla. O forse fa finta di non capire.

Greco inclina la testa di lato, con quella smorfia che non promette nulla di buono. Come se volesse gustarsi ogni istante della mia reazione.

Apre un cassetto con un gesto lento, quasi teatrale.

Prende un fascicolo ingiallito, con il titolo sbiadito dal tempo, e lo fa scivolare lentamente verso di me, come se stesse offrendo un patto col diavolo.

"Sai, Ferrante... ho conservato il meglio solo per noi. Come una cicatrice che non smette di pulsare."

Le parole di Greco restano sospese nell'aria, cariche di un significato oscuro che mi sfugge.

Per ora.

Capitolo 11

La firma del Killer

27 FEBBRAIO 2025 – ORE 01.12

La pioggia ha ripreso a cadere su Milano, lenta e inesorabile. Tamburella sui vetri in questa notte oscura, in cui solo le luci dei lampioni che filtrano dalle imposte rischiarano il buio della cucina.

Ho riempito il bicchiere di Jack, l'unico che può aiutarmi davvero.

L'unico amico di cui posso fidarmi, stanotte.

Siamo solo al terzo.

Non volevo farmi vedere distrutto da Greco, così ho preso il fascicolo e sono uscito. Non vedevo l'ora di lasciare quell'ufficio impestato di tabacco.

Ma i fantasmi mi hanno seguito.

È sul tavolinetto davanti al divano. Non sono ancora riuscito ad aprirlo.

Non posso aspettare ancora. Mi faccio forza buttando giù un altro po' di Jack Daniel's.

Accendo la lampada che rischiara la parte più consunta del mio divano.

In sottofondo, il TG della notte passa la notizia della perturbazione che sta colpendo Milano.

Ma io, qui dentro, affronto la mia di tempesta.

Stringo il fascicolo, come se potessi strapparne via la verità.

Una morsa mi stritola lo stomaco. Fatico a respirare.

Voglio davvero aprire quella dannata porta?

Cosa si nasconde dietro? Verità scomode? Ricordi dolorosi?

O, forse, qualcosa di ancora più oscuro, qualcosa che potrebbe distruggermi?

E Greco... perché quell'uomo ambiguo e manipolatore mi ha offerto questa chiave?

È un'esca?

Una trappola ben congegnata?

Il fascicolo pesa tra le mie mani come un macigno, un fardello di segreti che minaccia di schiacciarmi.

Tutte domande a cui c'è un solo modo per rispondere: aprire il fascicolo.

Prendo coraggio – ed ancora un po' di zio Jack – e finalmente lo apro.

La struttura è perfetta. Freddamente ordinata. Troppo.

Non è nello stile di Greco essere così metodico.

Lo sfoglio piano. Tutto sembra scelto con cura chirurgica.

Ma mentre sto per richiuderlo, qualcosa mi blocca.

Un angolo piegato. Una busta non etichettata.

La apro.

Una foto.

Maledizione. Non una foto qualsiasi.

La prendo. Mi scivola dalle dita.

Non la raccolgo subito. Rimane lì, a fissarmi dal pavimento.

Ricordo bene quel giorno.

Ero talmente entusiasta che non ci dormivo la notte. Papà mi aveva portato da due suoi amici.

I fratelli Romano. Avevano aperto un concessionario di auto di lusso. Un bambino di 9 anni che vedeva dal vivo le auto più belle del momento, che ci poteva salire… Un sogno.

Luca era sempre felice di vedermi, mentre Massimo… Massimo mi metteva i brividi.

E vederlo sorridere in foto, abbracciato a papà e a Luca… Mi mette i brividi ancora.

Quel giorno c'era anche Leo, il mio amico d'infanzia. Ma era una delle sue giornate no.

La primavera del 1997 profumava di fiori appena sbocciati e di terra umida, come dopo una pioggia. Avevo nove anni e il cuore batteva forte, come un tamburo. Papà mi aveva portato a vedere le auto dei signori Romano! Erano enormi e luccicanti per me, come quelle che vedevo nei film.

Luca Romano era gentile. Mi fece sedere al posto del guidatore di una macchina rossa fiammante.

Era tutto così affascinante.

Ma Massimo... Massimo era diverso. Era grande e silenzioso, e aveva uno sguardo che... faceva paura. Quando mi guardava, avvertivo l'immediato istinto di stringere la mano di Antonio. I brividi percorrevano il corpo esile del ragazzino che ero. C'era qualcosa che non andava, ma non sapevo cosa.

Tornando a casa, andammo con Leo sull'altalena del parco. Era il mio migliore amico, ma quel giorno fu molto strano. Era lì, seduto immobile, la testa bassa. Sembrava perso, come se non trovasse più il suo album di figurine.

Non era venuto a vedere le auto con me. Strano, perché auto e figurine erano le nostre passioni comuni.

"Leo! Leo, non sai cosa ti sei perso oggi!" gli gridai mentre ci dondolavamo.

Ricordo ancora che Leo si fermò di scatto. Alzò la testa lentamente. I suoi occhi non erano più brillanti. Erano spenti. "Non mi piacciono." disse, spingendosi appena con i piedi sull'erba.

"Cosa? Le macchine? Ma erano bellissime!"

Leo scosse la testa e si strinse nelle spalle. "Loro."

Mi fermai. Si riferiva ai Romano.

Si morse il labbro. "C'è qualcosa di sbagliato, Marco. Lo sento."

Non avevo compreso tutto quell'astio. "Ma cosa ti hanno fatto? Ti hanno detto qualcosa di brutto?"

Leo alzò le spalle, non mi guardò neppure. "Non lo so. Ma non mi piacciono. Stai lontano da loro, Marco."

La sua voce si fece seria, più seria del solito. Normalmente Leo era un tipo timido, tranquillo. Mi confuse.

Non aggiunse altro. E restò lì, immobile, con gli occhi fissi nel vuoto, come se vedesse qualcosa che io non potevo notare. Che lo spaventava.

Qualcosa mi stava sfuggendo, un'ombra oscura che si allungava dal passato e che, solo ora, nel presente, forse stavo per comprendere. Ma il fascicolo aveva ancora dei segreti da svelare...

Chissà che fine ha fatto Leonardo... Non lo vedo dalla fine dell'università.

Non aggiungiamo ricordi e pensieri a quelli che ho già. Finita questa storia, gli farò uno squillo.

Ci sono poi un paio di appunti sulla morte di Francesco Romano —
tutte cose che so già, a partire dalla famiglia di origine — ed anche
le indagini sulla morte di Luca Romano.

Devono essere solo una parte... Possibile che siano solo questi
quattro fogli e questo appunto del taccuino le indagini su una
morte?

Tanto più se è la morte di uno della Famiglia Romano...

Greco.

Lo sento. Sta coprendo qualcosa.

Qualcosa di marcio.

Ha fatto uno sforzo immane a fornirmi questo fascicolo,
consapevole che avrei potuto scoperchiare cose che devono restare
sepolte.

Ma evidentemente ha pesato bene il rischio. Sa che penso sempre
oltre gli schemi e che mangio pane e psicologia... Ma sa anche che,
in questa storia, sono io quello che ha bisogno di uno psicologo.

Mi ha dato solo una parte. La parte che gli serviva concedermi.

Getto il fascicolo sul tavolinetto con un gesto di stizza, come se
volessi liberarmi di un peso insopportabile.

Ma non mi lascia andare. Qualcosa sporge dal bordo, un lembo di
carta piegato.

Lo estraggo.

È una foto, recente, scattata sulla scena del crimine. E sotto, un
messaggio scritto a mano con inchiostro rosso vivo, come sangue
rappreso.

'Il sangue della Famiglia chiama vendetta'.

Le parole mi colpiscono come uno schiaffo, risuonando nella mia mente con un'eco sinistra e minacciosa.

Resto impietrito.

Sangue. Famiglia. Vendetta.

E una piccola scritta in un angolo. *'1997'.*

Seguita dal Simbolo.

Come ad allontanare i pensieri, lancio la foto. Che finisce esattamente ai miei piedi.

La calpesto.

Il Simbolo mi fissa dall'angolo libero.

Non sembra un disegno. Sembra un occhio.

E mi sta guardando.

Mille pensieri confluiscono tutti insieme nella mia testa.

Sangue.

Butto giù, tutto d'un fiato, il Jack Daniel's rimasto nel bicchiere.

Per qualche secondo sento la testa libera e l'esofago in fiamme.

Famiglia.

Devo prendere aria.

Prendo le chiavi, il telefono ed esco.

Tornano tutti i pensieri.

Vendetta.

Ma uno prevale sugli altri.

Mi asciugo le mani sui pantaloni.

Il cuore batte troppo forte.

Devo chiamarla.

***

27 FEBBRAIO 2025 – ORE 01.37

La pioggia tamburella sull'asfalto mentre cammino veloce lungo il marciapiede, il telefono stretto nella mano.

Ogni mio passo rieccheggia nel silenzio della notte.

Ma la quiete è squarciata dalle parole della lettera trovata nel fascicolo, che si ripetono in un loop ossessivo nella mia testa.

'Il sangue della Famiglia chiama vendetta.'

Le mani sudano, il cuore martella.

Conto i battiti. Uno. Due. Tre. Premo il pulsante di chiamata sul telefono e lo porto all'orecchio.

Due squilli.

Tre.

Quattro.

Poi, finalmente, una voce assonnata ma subito attenta. "Ferrante? Che diavolo succede?"

Chiara Conti.

Mi fermo, inspirando profondamente.

Vorrei riagganciare. "Ci dobbiamo vedere. Ora."

Dall'altra parte della linea, il nulla. Poi, un sospiro.

"Dove sei?"

Il telefono mi brucia l'orecchio, mentre la pioggia mi ghiaccia le dita.

"Non posso spiegare. Non al telefono. Venti minuti. Ti mando la posizione."

Riaggancio senza attendere risposta. Non ho tempo per le spiegazioni.

So soltanto una cosa: devo trovare risposte, e Chiara è l'unica persona a cui posso rivolgermi.

C'è una strana alchimia tra noi, una connessione che va oltre la semplice collaborazione.

Forse non è amore, non nel senso convenzionale del termine, ma c'è rispetto, fiducia ed una scintilla di qualcosa di più profondo che entrambi ci sforziamo di ignorare.

O forse, mi domando, è solo disperazione a spingermi verso le sue braccia.

Dal cielo, inesorabile, continua a scendere più acqua che mai.

Ed io, prima o poi, cadrò.

Come la pioggia.

Senza far rumore.

Capitolo 12

Occhi nell'ombra

27 FEBBRAIO 2025 – ORE 02.09

Controllo l'ora per l'ennesima volta.

Trentadue minuti. Trentadue minuti che sembrano un'eternità.

Dammi venti minuti. Ti mando la posizione.

Facile a dirsi per uno che probabilmente è steso da qualche parte...
o seduto in un bar.

Lo ucciderei, se non avessi la sensazione che stia succedendo
qualcosa di strano.

C'era una nota di urgenza nella sua voce, qualcosa di...
spaventato? Non è da lui.

Mi mordo il labbro, tamburellando le dita sul volante.

Forse dovrei chiamare di nuovo... No, aspetterò ancora un po'. Ma
se non si fa vivo entro cinque minuti...

***

27 FEBBRAIO 2025 – ORE 02.19

Il dolore mi esplode nella testa, una scheggia di ghiaccio rovente
che mi trapassa da tempia a tempia.

Ogni battito del cuore è un colpo di martello, un'eco dolorosa che
mi fa gemere.

Un liquido caldo e denso mi cola sull'occhio, accecandolo
parzialmente.

Sangue.

Il suo odore metallico mi riempie le narici, mescolandosi al puzzo
di umido e di spazzatura.

L'asfalto freddo e ruvido mi graffia la pelle, e sento la pioggia
penetrarmi nelle ossa come aghi gelidi.

Sono vivo, ma a malapena.

Cerco di muovermi, ma il mio corpo non risponde subito.

Non so quanto tempo sono rimasto qui.

Respiro. Lento, profondo. Devo capire cosa è successo.

Cerco di ricordare. Un'ombra sbucata dal nulla, forse dalle scale della metro. Un bagliore. Il colpo improvviso alla testa. Poi il buio.

Mentre ero steso qui, la mente mi ha giocato un brutto scherzo, proiettandomi in un sogno vivido e inquietante...

Il fumo delle sigarette crea una cortina densa e azzurrina nella stanza, pungendo gli occhi e la gola. L'odore acre del whisky si mescola a quello dolce e stucchevole del dopobarba di Massimo, creando un'atmosfera viziata e tesa.

La luce fioca della lampada da tavolo getta ombre danzanti sui nostri volti, evidenziando le rughe intorno ai miei occhi e il ghigno beffardo di Massimo.

Lo fisso. Le mie dita tamburellano con impazienza sulla superficie liscia del bicchiere. Dall'altra parte, Massimo, impassibile, mi restituisce lo sguardo con un sorriso appena accennato.

"Non mi piace quando fai così." dico, portando il bicchiere alle labbra. "Quella tua fottuta calma."

Ride, una risata bassa, priva di vero divertimento. "E io non mi fido di chi si agita troppo, Antonio. Tu dovresti saperlo meglio di chiunque altro."

Un momento di silenzio. Stringo la mascella. "Non giochiamo, Massimo. Non con questa storia. La Famiglia tiene d'occhio tutti, lo sai anche tu. E se qualcuno fa il passo più lungo della gamba, finisce con un buco in testa."

Massimo si sporge leggermente in avanti, il viso ora è più vicino al mio. "Se mi stai minacciando, Ferrante, te lo dico chiaro: sei fuori strada. Io rispetto le regole, ma non le tue."

Lo osservo per un lungo istante. "Non mi interessa delle tue regole, Massimo. Io ti sto dicendo che questa cosa ti si ritorcerà contro. La Famiglia non perdona."

Massimo prende la sua sigaretta, la spegne con calma nel posacenere e si alza. "Vedremo chi avrà ragione, Antonio. Ma credimi, se qualcosa dovesse andare storto, non sarò certo io quello che pagherà il prezzo più alto."

Con un solo sorso svuota il bicchiere.

E senza aggiungere altro, esce dalla stanza.

Resto immobile, il bicchiere sospeso a mezz'aria, con un unico pensiero che mi attraversa la mente.

"Sangue chiama sangue."

Cerco il telefono. Non lo trovo. Dannazione.

Mi forzo a mettermi seduto. Il mondo gira. Stringo i denti.

Dove diavolo sono?

Devo andarmene da qui, prima che torni a finire il lavoro.

Chiara. Devo raggiungere Chiara.

***

27 FEBBRAIO 2025 – ORE 02.27

Non può essersi volatilizzato.

Al telefono ha risposto, ma ho sentito solo un fruscio. Poi è caduta di nuovo la linea.

Dal suo appartamento a qui, ammesso che fosse vicino casa, può aver fatto solo questa strada.

Provo a percorrerla, al massimo arriverò a citofonargli.

Maledetto Ferrante.

Vuoi vedere che mi stava prendendo in giro? Eppure... la sua voce.

Aveva qualcosa di diverso. Troppo... Spaventata?

Riprovo a chiamarlo, con le dita che tremano leggermente.

Uno squillo... due... tre... e poi... il suono.

Un suono flebile, ovattato, come se provenisse da lontano. Ma non da lontano... da qui vicino.

Mi guardo intorno, cercando di capire da dove arriva.

E poi lo sento di nuovo, più forte.

Dal cestino. Il cuore mi martella nel petto, un presagio oscuro che mi prosciuga le vene.

Mi chino, con la mano che esita a toccare quella sporcizia. Affondo le dita tra i rifiuti umidi e maleodoranti, e lo sento.

Freddo, liscio. Lo tiro fuori. Lo schermo è crepato, una ragnatela di fratture che lo rende quasi illeggibile.

Ma è acceso. E riconosco la foto sullo sfondo. "No..." sussurro, con la voce che mi muore in gola.

È il suo telefono. Il sangue mi si gela nelle vene, un brivido di terrore mi scuote da capo a piedi.

Deve essere successo qualcosa. Di brutto.

Un rumore sordo.

Mi volto di scatto.

Dietro l'angolo, accanto ad un bidone fumante, c'è un vecchio.

È tutto rannicchiato su sé stesso. Ha una coperta logora sulle ginocchia. Un berretto sformato è calato sugli occhi.

***

27 FEBBRAIO 2025 – ORE 02.29

Quando mi vede, il vecchio si raddrizza lentamente, con un movimento scattoso e innaturale, come una marionetta mossa da fili invisibili.

I suoi occhi, lattiginosi e opachi, mi fissano con una intensità che mi fa sentire nudo e vulnerabile.

Non sono occhi umani, ma fessure oscure che sembrano guardare attraverso di me, nell'anima.

"Sei il figlio di Antonio" sussurra con una voce roca e gutturale, come il fruscio del vento tra le ossa.

Ogni parola si dissolve in una nuvola di vapore freddo, come un alito di morte che mi avvolge e mi soffoca.

Sento la pelle d'oca e i peli delle braccia che si rizzano, come se un'energia oscura e maligna mi avesse sfiorato.

Sono spaesato.

Ma quella non è una domanda.

Mi irrigidisco.

Sento la pelle che inizia a tirare sulle braccia.

Vedo finalmente Chiara. Arretra di mezzo passo, senza nemmeno accorgersene, brandendo il telefono come arma contundente.

Il vecchio tossisce, sputa a terra.

Poi sussurra:

"Quando il sangue chiama, la carne deve rispondere.

E quando risponde… L'anima si spezza."

Resto immobile.

Quelle parole mi incatenano all'asfalto bagnato.

Più della ferita alla tempia.

Chiara si volta verso di me, spaventata.

***

27 FEBBRAIO **2025** – ORE **02.31**

È allora che lo vedo.

Marco.

È a pochi passi da me.

Sanguinante. Tremante.

Ma vivo.

Mi volto un istante. Il vecchio... è sparito.

Come se non fosse mai stato lì.

27 FEBBRAIO **2025** – ORE **02.32**

Le forze mi abbandonano di colpo. Le gambe tremano. La vista si appanna.

Chiara mi prende al volo.

Impallidisce. Deve aver visto la tempia destra. Trattiene il fiato. Istintivamente allunga una mano verso la testa, ma poi si ferma.

"Ferrante... Dio santo! Ma... Ma che ti è successo?"

Le racconto lo scontro di poco fa.

"Ma chi può averti fatto una cosa del genere?"

"Non lo so. Ho una mezza idea, però. Era di questo che volevo parlarti… Probabilmente qualcuno mi sta tenendo d'occhio ed ha capito cosa stavo per fare."

Mi guarda quasi intenerita.

"L'unica cosa certa, però, è che adesso chiamiamo un'ambulanza… e la polizia!"

"No! La polizia assolutamente no. Chi pensi che interverrebbe? Se mi stanno osservando, dobbiamo cavarcela da soli."

"Però hai bisogno di cure… Andiamo, ho la macchina qui dietro. Così mi racconti cosa è successo. E soprattutto perché è successo."

Ha ragione.

"Intanto, tieni. Ho trovato il tuo telefono nel cestino."

Ora che mi sto tranquillizzando, comincio a vedere sempre più sfocato.

Raggiungo a fatica l'auto di Chiara.

Le luci della strada si sdoppiano.

Sangue.

Il brusio delle poche auto diventa ovattato.

Famiglia.

Il mondo oscilla.

Vendetta.

Sento il corpo pesante.

Greco.

Credo che l'opzione Pronto Soccorso sia la più valida al momento.

Ma, chiunque sia stato, non avrà la meglio.

All'improvviso, il buio.

E dentro il buio, ancora una volta, la voce di papà.

"Non sei come me, Marco. Ecco perché vincerai".

Capitolo 13

Cicatrici

27 FEBBRAIO **2025** – ORE **03.11**

La pioggia si abbatte insistente sul tetto dell'auto, trasformando Milano in un labirinto di luci riflesse e asfalto scivoloso. Marco, sul sedile del passeggero, è un ammasso di tensione e dolore. Il fazzoletto che preme sulla tempia è una macchia scura, un promemoria della violenza che ha subito.

Il silenzio nell'auto è denso come la nebbia, un muro invisibile eretto dalla diffidenza reciproca.

Marco tiene lo sguardo fisso fuori dal finestrino, la mascella contratta, come se si aspettasse un tradimento da un momento all'altro.

Io stringo il volante, le nocche bianche, cercando di ignorare la sua presenza ingombrante.

Ogni suo respiro sembra un'accusa, ogni mio movimento una potenziale minaccia.

Guido spedita verso il mio appartamento. Non avrei mai immaginato di dover condividere il mio spazio, la mia tana, con uno come Ferrante. Ma la sua testardaggine e la sua incredibile capacità di attirare guai mi hanno messo alle strette. Questa tregua forzata è l'ultima cosa che volevo.

"Dove mi stai portando?" La sua voce è un sussurro rauco, a malapena udibile sopra il ritmo incessante dei tergicristalli.

Non rispondo subito, concentrata sulla strada. Svolto bruscamente, infilandomi in una via secondaria. Marco chiude gli occhi e – per un attimo – la maschera di dolore si increspa sul suo viso. Poi li riapre, e il suo sguardo febbrile mi inchioda.

Trema.

"Chiara... mi ha detto qualcosa" mormora, ogni parola un peso. "Prima di colpirmi."

"Cosa?" La mia attenzione è finalmente tutta su di lui, la curiosità professionale che si scontra con una crescente, e inaspettata, preoccupazione.

Esita, come se le parole fossero schegge di vetro da estrarre dalla memoria. "Una frase... 'Non è colpa tua, Marco... è colpa di tuo padre'."

Nella quiete dell'abitacolo, entrambi rimaniamo per un attimo pensierosi. Quella frase... è un messaggio chiaro e inquietante. Non una semplice aggressione, non una tentata rapina. Qualcuno lo ha preso di mira, e le sue parole puntano dritto al suo passato.

Poi aggiunge, con sforzo: "L'aggressore aveva un simbolo. Tatuato sull'avambraccio, vicino al gomito. L'ho visto un attimo, sotto la pioggia."

Deve costargli caro ricordare. Lo vedo ancora più pallido. Il suo respiro è ancora più in affanno.

Parcheggio di colpo sotto un lampione tremolante.

"Il Simbolo?" Chiedo, la voce più tesa. "Lo stesso che compare sui corpi delle vittime?"

Marco annuisce debolmente. "Sì. Nitido anche sotto la pioggia."

Merda. Questa rivelazione cambia tutto. L'aggressione non è solo collegata agli omicidi, ma l'aggressore stesso porta quel marchio. Un marchio che affonda le radici nel passato oscuro di suo padre.

Spengo il motore. Il silenzio nell'auto è rotto solo dallo scrosciare incessante della pioggia.

"Chi ti ha fatto questo, Ferrante?" chiedo, voltandomi a guardarlo.

Marco mi fissa, i suoi occhi grigio-verdi che lottano per mettere a fuoco nel chiaroscuro dell'abitacolo. So che non si fida di me, e la sensazione è decisamente reciproca. Ma in questo momento, sento una punta di paura, un'ombra fredda che si allunga su entrambi.

"Non so chi fosse" risponde, la voce leggermente più ferma adesso. "Ma so che era legato a mio padre. E non si fermerà."

Annuisco lentamente, assorta nei miei pensieri. La posta in gioco è improvvisamente altissima. Non è più solo un'indagine su una serie di omicidi brutali. È qualcosa di personale, radicato nel passato di una famiglia, e pericolosamente vicino a Marco.

"Dobbiamo capire perché stanno usando il simbolo" dico infine, una determinazione fredda che inizia a farsi strada nella mia mente. "E chi porta quel marchio di sangue sulla pelle."

Marco mi guarda negli occhi. Per la prima volta, vedo oltre la facciata del profiler arrogante e tormentato. Vedo la paura, certo, ma anche una risoluzione che stranamente rispecchia la mia.

Lo sguardo è sofferente.

"Lo scopriremo..." esita, poi il suo sguardo si accende cancellando il dolore per un attimo.

"Insieme."

***

L'appartamento di Chiara è un riflesso della sua vita: funzionale, un po' spartano, con pile di libri e appunti che sembrano sul punto di crollare.

Non un luogo dove ti aspetteresti di curare una ferita alla testa... ma almeno è caldo e asciutto.

La diffidenza iniziale è palpabile, la sento nell'aria tesa mentre lei fruga in un armadietto alla ricerca di disinfettante e bende.

"Non ho un kit emergenza da pronto soccorso" sbotta, senza guardarmi. "Devo chiamare qualcuno."

"La polizia?" La mia risposta è un riflesso condizionato, carico di scetticismo.

Chiara mi lancia un'occhiata tagliente. "Non sono così stupida. Ho un amico... un medico. Mi deve un favore. E sono sicura che non farà domande."

Quando il medico arriva, è un uomo sulla cinquantina, dall'aria stanca ma efficiente.

Occhi di chi ha visto troppi disastri e ha smesso di chiedere perché.

Cura la mia ferita con una professionalità sbrigativa, senza proferire parola. Chiara gli parla a bassa voce, rassicurandolo che si tratta di *un piccolo incidente*. Non penso che l'uomo ci creda, ma non insiste.

Una volta che siamo soli di nuovo, Chiara mi fissa, le braccia conserte. "Bene, Ferrante. È ora di parlare. Cosa diavolo sta succedendo?"

Sospiro, passandomi una mano sulla fasciatura. Sto per rispondere quando i miei occhi cadono su qualcosa.

Una foto, appoggiata sul tavolinetto accanto a una pila di giornali.

Mi blocco.

Mio padre. Massimo e Luca Romano. La stessa immagine che ho trovato nel fascicolo di Greco. Solo che qui non è dentro un dossier, nascosta tra pagine ufficiali. È in casa di Chiara.

La mia testa malconcia comincia a viaggiare.

E se avessi sbagliato? E se Chiara fosse coinvolta? Se mi avesse aggredito lei?

Mi chino, la prendo tra le mani. "Questa foto..." La mia voce esce più bassa del previsto.

Chiara si avvicina. "Io questa foto non l'avevo mai vista, era sempre rimasta incastrata nei miei faldoni... Fino a qualche giorno fa."

La guardo, confuso. No, non può essere stata lei.

Mi avrebbe ucciso in macchina o appena entrati in casa.

Torno sulla foto. Mi scorre un brivido lungo la schiena.

Un collegamento diretto tra mio padre e i Romano.

Il Simbolo.

Il biglietto sull'ultima vittima.

L'aggressione.

Un avvertimento? Un messaggio?

"Greco mi ha dato una copia di questa foto" le dico. "Era dentro un fascicolo. C'erano solo pochi appunti superficiali sulla morte di Francesco Romano e un accenno al caso di suo cugino, Luca."

"Luca..." Chiara aggrotta le sopracciglia, cercando di mettere insieme i pezzi. "Morto anche lui, anni fa. La polizia aveva archiviato il caso come una specie di incidente, se non ricordo male."

"Troppo poco, considerando chi era Luca Romano."

Le racconto del biglietto, della frase sulla vendetta familiare. Del 1997. E torniamo a pensare al tatuaggio sul braccio dell'aggressore.

Lo vedo ancora. Il braccio lucido di pioggia, la spranga che brilla sotto il lampione. Quel simbolo nero impresso sulla pelle.

Un triangolo con una linea che lo taglia a metà. Perfetto.

Ma c'è un dettaglio che mi torna in mente.

Non lo condivido con Chiara. Non ancora.

Un taglio. Una cicatrice sottile che attraversava il tatuaggio. Non era recente. Un segno vecchio, biancastro, che lo spezzava a metà. Quella cicatrice... l'ho già vista prima.

Ma dove?

"Il simbolo e quella frase..." mormora, pensierosa.

Esita un momento, poi sembra prendere una decisione. "C'è una cosa... una vecchia indagine. Ci stavo lavorando anni fa, prima che mi facessero fuori", mi confida.

"Riguardava una storia di corruzione, appalti truccati... e coinvolgeva anche i Romano."

La guardo, un lampo di comprensione. "E questo ti è costato la carriera."

Chiara annuisce, un amaro sorriso che le increspa le labbra. "Ho toccato nervi scoperti. Nervi che, a quanto pare, sono ancora molto sensibili. In quella vecchia indagine, avevo trovato dei collegamenti tra i Romano e... alcune figure legate alla cerchia di tuo padre."

"Quali figure?"

"C'era un nome che tornava spesso."

Esita un istante, poi lo pronuncia.

È come se mi avesse colpito sull'altra tempia.

"Leonardo Moretti."

Il nome esce dalla bocca di Chiara come una sentenza. Il pavimento sotto di me sembra inclinarsi. La nausea mi stringe allo stomaco, un pugno di ferro. Il sangue martella nelle tempie già malconce.

Leo. Il mio Leo. Nella mia mente si sovrappone l'immagine di un ragazzino magro, con gli occhi troppo grandi e sempre attenti.

Un bambino che non parlava mai troppo, che evitava il contatto visivo, che rabbrividiva quando sentiva pronunciare il nome 'Romano'.

Innocente. Fragile. Impossibile da associare a tutto questo.

Ma poi il ricordo cambia.

Leo, anni dopo. Più sicuro di sé, più silenzioso.

Un giorno, all'università, lo avevo visto stringere la mano a qualcuno che non mi aspettavo. Un uomo con un abito costoso e lo sguardo duro. Avevo chiesto chi fosse. Lui aveva sorriso, con quella mezza smorfia che significava 'non fare domande'.

Io non ne avevo fatte.

E ora il suo nome torna come un pugno nello stomaco.

Ed anche quel signore in abito costoso.

"Leo Moretti?" ripeto, incredulo.

"Era il mio amico di infanzia…"

Chiara mi guarda con un'espressione indecifrabile. "Le persone cambiano, Ferrante. E il passato… il passato torna sempre a bussare alla porta."

Avrei preferito esser morto in quel vicolo buio, con la pioggia che lavava via il sangue e i ricordi.

Leo. Il mio Leo.

Non può essere vero. Non il bambino timido e sensibile che disegnava mostri gentili.

Non l'amico fidato con cui ho condiviso sogni e segreti. Eppure, le parole di Chiara mi risuonano nella testa come una condanna.

Le persone cambiano. Il passato torna.

Ma Leo? Coinvolto in questo? Il mio stomaco si contorce, la nausea mi sale alla gola.

Sento il cuore martellarmi nel petto, la testa pulsare di dolore e incredulità. È come se il mondo si fosse improvvisamente inclinato, e io stessi per cadere in un abisso di disperazione.

Il silenzio cala di nuovo, denso di nuove domande e inquietanti connessioni. Entrambi siamo consapevoli che stiamo solo grattando la superficie di qualcosa di molto più grande e pericoloso.

"Dobbiamo parlare con Rinaldi" dico. "È l'unico di cui possiamo fidarci. Anche lui è stato una vittima di Greco e del... sistema. Non credo che sia coinvolto in questa storia."

Chiara annuisce, prendendo il telefono. "Potrebbe avere informazioni. E se Greco è davvero in mezzo a tutto questo, averlo dalla nostra parte potrebbe fare la differenza."

Mentre Chiara compone il numero di Luca, nella mia mente torna l'immagine del tatuaggio sul braccio dell'aggressore. Un simbolo che lega il presente al passato, la mia famiglia ai Romano, e forse, in un modo che ancora non comprendo, al mio vecchio amico Leo.

La pioggia batte ancora, instancabile.

Ma dentro di me, sotto la pelle, qualcosa si è mosso.

E ora che si è svegliato... non tornerà più a dormire.

Capitolo 14

Il bambino nell'auto rossa

27 FEBBRAIO 2025 – ORE 06.45

Marco è crollato sul divano, esausto e febbricitante.

Il suo respiro è irregolare. Ogni tanto si agita nel sonno. Mi ero ripromessa di non far dormire più uomini in casa mia...

Ma in questo momento, la sua vulnerabilità mi fa sentire un'inaspettata ondata di compassione. E anche un pizzico di paura.

La stanchezza mi pesa come un macigno, ma la determinazione a scoprire la verità mi tiene in piedi.

Non sono riuscita a dormire stanotte, nonostante avessi provato a stendermi sul letto.

Così ho recuperato i miei vecchi faldoni e mi sono messa a cercare tutto quello che avevo sul 1997. L'anno che il killer ha citato sul bigliettino.

Ne sono successe di cose a Milano in quell'anno... Da Michael Jackson in concerto al... concessionario AutoElite.

Il concessionario dei Romano, quella della foto, aveva aperto nella primavera del 1997.

Un brivido mi corre lungo la schiena.

Recupero la foto facendo attenzione a non svegliare Marco sul divano.

Ho deciso di guardarla con altri occhi.

Non per caso.

Perché qualcosa non torna.

Il riflesso di quell'auto, la posizione delle mani di Antonio... come se stessero nascondendo qualcosa.

Un altro brivido.

In una delle auto che fanno da sfondo ai tre uomini, si intravede un bambino seduto al posto di guida.

Dovrebbe essere...

"Driiiin"

Il citofono mi riporta al presente. I pensieri evaporano.

Marco si sveglia e grida. "È venuto a prendermi!"

È un uomo tutto d'un pezzo. Solo all'apparenza.

"È Rinaldi, lo abbiamo chiamato stanotte…"

Sobbalza sul divano. È visibilmente scosso, sembra non rendersi conto di quel che è successo ieri.

***

27 FEBBRAIO 2025 – ORE 06.54

Ma che cazzo…

Dove sono?

Aspetta… Il fascicolo, la pioggia… La botta… Chiara…

Cazzo, che male!

Devo aver ceduto a Morfeo sul divano di Chiara. O mi ha sedato?

Controllo i polsi. Liberi.

Provo ad alzarmi. Troppo di scatto, rovino sul divano di nuovo.

Ma almeno non sono legato.

Chiara mi guarda dalla porta di casa. Con la faccia di chi ha capito cosa sto facendo.

E ride.

Apre la porta. Ah, già… Rinaldi.

"Aò, Ferrà…" dice Rinaldi, con quel suo tono romano inconfondibile, mezzo divertito, mezzo serio.

Un sorriso sardonico gli increspa gli angoli della bocca. "Per rimorchià 'na donna te devono da 'na botta in testa? Ma che è, sei tornato ar Medioevo?"

Rido a fatica, sentendo ancora il dolore pulsare nella testa.

Rinaldi è così. Un misto di cinismo e lealtà, un uomo che ha visto troppo e che ha imparato a proteggersi con l'ironia.

Ma so che, quando si tratta di fare sul serio, è uno dei pochi su cui posso contare.

Luca si siede e guarda il fascicolo aperto sul tavolo. Poi ci fissa.

"Allora?" chiede, rompendo il silenzio.

"Ho trovato qualcosa..." risponde Chiara, che finalmente si decide a parlare. "Nel 1997 è successo qualcosa a Milano. Non solo quello che ci riguarda, ma anche un altro caso... Un evento legato ai Romano. È successo qualcosa di importante in quell'anno, ed è tutto collegato al concessionario AutoElite."

Guardo Chiara, cercando di mantenere la calma, ma qualcosa dentro di me scatta. Mi torna alla mente una scena: mio padre, io bambino, le auto lussuose.

"AutoElite?" ripeto lentamente. "Vado a memoria, ma ricordo... ci sono stato. Con mio padre, anni fa. Era una delle sue visite *di lavoro*." Mi fermo, cercando di mettere insieme i pezzi. "Il concessionario è stato inaugurato proprio nel '97, giusto?"

Chiara annuisce lentamente, la tensione nell'aria che si addensa come una tempesta imminente. "Sì, è proprio quello."

La sua voce è un sussurro carico di significato. "Ho guardato meglio la foto di tuo padre con i Romano… Guarda l'auto rossa: noti qualcosa di strano?"

Mi passa la foto con le mani tremanti. La prendo con cautela, come se fosse un oggetto fragile e pericoloso.

Il cuore mi martella nel petto. Un presagio oscuro si fa largo sotto la fasciatura.

E poi lo vedo.

Il bambino nell'auto rossa. Io.

"È… è il mio vecchio ricordo di quella visita" mormoro, incapace di smettere di guardare la foto. "Ma non ricordo altro. Chi c'era? Cosa stava succedendo lì?"

***

27 FEBBRAIO 2025 – ORE 06.58

Chiara si infervora, la voce che le si fa più seria. "Quell'anno, i Romano aprirono AutoElite, che non era *solo* un concessionario. Era un bel punto di incontro per tanti affari… E tu, Marco… ci sei stato!"

Ferrante la guarda con la faccia di uno che ha appena ricevuto una multa salata, ma poi un ricordo gli balena negli occhi. Dice di essere andato lì con suo padre, Antonio. Una visita che gli era sembrata strana anche a lui, un incontro mascherato da appassionati di motori. Adesso, però, la cosa puzza di bruciato.

"Non... non ricordo molto altro" ammette, scrollando le spalle come per allontanare il mal di testa. "È tutto così... vago. Mio padre non voleva che facessi domande, il solito."

Chiara annuisce, la mascella contratta. "Non mi sorprenderebbe, ma quel concessionario non era solo un posto dove vendere auto di lusso. Era il centro di affari loschi, traffici... e, a quanto pare, ci sono foto che legano Antonio e i Romano, come se fosse un puzzle che stiamo componendo solo adesso. E quella foto che abbiamo visto è la chiave. Quei sorrisetti non sono lì per caso."

Io, che fino a quel momento ho fatto da spettatore, mi sento quasi divertito da 'sta situazione. "Eh, ma che famo adesso? Annamo a fa' un altro giro al concessionario? A chiede se qualcuno si ricorda chi c'era nel '97?"

Chiara mi lancia un'occhiata che potrebbe fulminare un elefante, ma poi le labbra si increspano in un mezzo sorriso amaro. "Non proprio. Ma potrebbe esserci qualcosa che ci sfugge. Quella foto... non è solo un ricordo sbiadito. È un avvertimento. E se il nostro amico omicida sta tirando in ballo quell'anno, dobbiamo capire cosa diavolo è successo allora. E soprattutto, cosa legava *il papi* di Ferrante a quella bella combriccola."

Marco si passa una mano sulla fasciatura, la frustrazione che gli si legge in faccia. "Non so come... come è possibile che tutto questo sia collegato. E perché nessuno mi ha mai parlato di queste cose?"

Chiara si avvicina a lui e gli mette una mano sulla spalla, un gesto che mi sorprende. "Perché tuo padre, come tutti, aveva i suoi scheletri nell'armadio. E adesso tocca a noi fare gli archeologi e scoprire cosa nascondeva sotto il tappeto. Il '97 non è solo un numero... è l'inizio di questa merda. E quello che hai visto, quello che ci hai raccontato del simbolo, l'aggressione che hai subito... Sono tutti pezzi del puzzle. Ogni cosa sembra puntare a qualcosa di più grande. A una verità che ancora non riusciamo a mettere a fuoco."

Mi schiarisco la voce, riportando un po' di pragmatismo nella stanza. "E tutto questo che avrebbe da significa' pe' noi, esattamente? Siete ancora vivi per miracolo, no? Ma... Se Greco c'entra qualcosa co' tutta 'sta storia? Non possiamo permetterci di fare passi falsi."

Ferrante annuisce, la testa che gli fuma. La confusione è tale che sembra sul punto di implodere. Non solo per la fasciatura.

"Dobbiamo parlare con qualcuno. E qualcuno che sia disposto a rischiare il collo per aiutarci. Rinaldi, tu sai come muoverti in questo ambiente. Se c'è qualcosa da scoprire, è arrivato il momento *de sporcasse le mano,* come diresti tu."

Chiara prende un respiro profondo, come per caricarsi. "C'è una persona che potrebbe saperne qualcosa di più. Un vecchio collega di tuo padre, uno che lavorava con lui ai tempi. E forse... forse ha visto qualcosa che non doveva vedere."

Ferrante si alza dal divano con un gemito, un'ombra di determinazione che gli oscura lo sguardo sofferente.

Barcolla, aggrappandosi allo schienale per non cadere.

Ma si fa forza, spingendo via il dolore e la paura.

"Allora andiamo a parlare con lui."

La sua voce è roca e tremante, ma c'è una nota di urgenza che mi fa rabbrividire. "Se questa storia riguarda davvero mio padre, se il suo passato è la chiave di tutto questo, non possiamo più restare qui a fare i detective da appartamento. Dobbiamo uscire, affrontare le ombre, anche se questo significa rischiare tutto."

Mentre ci prepariamo a uscire, Chiara recupera la foto dalla scrivania, la fissa un attimo con un'espressione indecifrabile e poi la infila in una cartellina, come se fosse un'arma. "Abbiamo solo una possibilità. Non possiamo permetterci di fallire."

Fuori, la città sembra trattenere il respiro. Come noi.

La porta si chiude alle nostre spalle. La pioggia continua a battere violenta sull'asfalto, una colonna sonora perfetta per questo dramma che si sta per scatenare.

I segreti si accumulano, come l'acqua nei tombini, pronti a straripare e a sommergerci tutti.

E io c'ho la vaga sensazione che stamo pe' scopri' quarcosa che ce farà rimpiagne l'ignoranza.

Capitolo 15

Sotto la superficie

Sono seduto sulla tazza del cesso, il tablet sulle ginocchia e la sigaretta tra le labbra.

Non è il posto più dignitoso dal quale gestire una crisi, ma ormai certe formalità le ho seppellite.

Un tempo, forse, anche io ci tenevo all'immagine. Giacca stirata, cravatta allineata, lo sguardo da poliziotto modello.

Poi è arrivata la promozione. E, con questa, sono arrivati anche gli anni sporchi, i compromessi, i cadaveri veri e quelli metaforici.

Oggi, quello che conta è solo sopravvivere.

Il cellulare vibra sul lavandino.

Una, due, tre volte. Numero sconosciuto.

Fantastico.

Di prima mattina, e pure senza caffè.

Rispondo.

"Dimmi."

Dall'altra parte, solo pioggia e respiri affannosi.

Poi una voce impastata: "Non sono riuscito a fermarlo."

Chiudo gli occhi. Inspiro il fetore della sigaretta mista a detersivo per pavimenti.

Fantastico, bis.

"E cosa sarebbe successo esattamente?"

"Probabilmente... abbiamo peggiorato la situazione."

Fruscio. Come se chi parla si fosse guardato dietro le spalle.

"Ferrante è ancora vivo. E ha avuto contatti. Con una donna."

Una donna.

Conti. Chi altro?

Sorrido amaro.

"Credi, eh?" soffio, lasciando uscire una nuvola di fumo. "Non mi servono opinioni, mi servono certezze. Se no non servi a un cazzo."

"Non è morto, ma è messo male. Possiamo ancora sistemarlo... magari..."

Lo interrompo.

Non ho voglia di sentire piani campati in aria.

"Rimani nell'ombra" ringhio "e aspetta istruzioni. E non fare stronzate."

Riattacco senza aspettare risposta.

Appoggio il telefono

Tiro lo sciacquone.

Come se volessi scaricare anche quell'incapace.

E mentre l'acqua scorre, penso a quanto velocemente sta andando tutto a puttane.

Ferrante è ancora in gioco. E non si fermerà

E con lui... anche tutti i fantasmi che pensavo di aver sepolto.

**

27 FEBBRAIO 2025 – ORE 08.44

Cammino per le vie ancora deserte, le mani affondate nelle tasche, il cappuccio della felpa tirato su contro la pioggia fine.

Per un attimo, non mi sono sentito solo. Adesso lo sono di nuovo.

Rinaldi è tornato da Greco.

Chiara è andata a parlare con quel *collega* di mio padre. Era l'unica che avrebbe attirato meno attenzione. E l'unica che poteva fare domande.

E io... Io sto andando dritto verso il luogo che giuravo non avrei mai più voluto vedere.

Opera. No, non a teatro.

Al Carcere di Opera.

Antonio Ferrante mi aspetta.

O forse mi sta ancora manipolando, come ha sempre fatto.

Non mi importa.

Questa volta sono io a volerlo incastrare.

Io a voler scavare fino in fondo.

Le strade scivolano ai lati come fantasmi.

Ogni passo mi porta più vicino a una verità che potrebbe distruggermi.

O salvarmi.

Non lo so ancora.

Arriva il taxi. Tiro su il cappuccio.

Come se bastasse a proteggermi.

La fasciatura è bella stretta. Ma la testa sta esplodendo per altri motivi stamattina.

È tempo di affrontare i mostri.

E stavolta... voglio guardarli negli occhi.

Capitolo 16

Vecchi debiti

27 FEBBRAIO **2025 –** ORE **09.16**

Il carcere di Opera si staglia davanti a me come un pugno grigio nel cielo lattiginoso.

La pioggia sottile ha lasciato l'asfalto viscido e scuro, come se anche la terra volesse respingere questo posto.

Scendo dal taxi con un movimento rigido.

La tempia pulsa sotto la fasciatura, ogni passo mi ricorda che sono vivo. A malapena.

Il secondino all'ingresso mi guarda come si guarda un sopravvissuto.

Controlla i documenti senza una parola.

Solo il rumore dei suoi guanti di lattice che sfregano sulla plastica della carta d'identità.

"Motivo della visita?" chiede infine, la voce impastata di sonno e caffè rancido.

"Antonio Ferrante" rispondo.

Il suo sopracciglio si solleva appena. Una smorfia che dice tutto: sai dove stai andando, vero, ragazzo?

Sì. Lo so.

Seguo il corridoio, illuminato da neon tremolanti, mentre la tensione mi stringe il petto.

Ogni porta blindata che si chiude alle mie spalle sembra togliermi un pezzo di libertà.

Non solo fisica.

Mi fanno aspettare in una saletta d'incontri, fredda e spoglia.

Il tavolo è scheggiato in più punti. Le sedie di metallo cigolano quando mi siedo.

E poi lo vedo.

Antonio Ferrante.

Mio padre.

Avanza lentamente, le mani strette dietro la schiena, i passi corti ma sicuri.

La divisa del carcere gli cade addosso come una seconda pelle, ma non riesce a cancellare il carisma che emana.

Quando si siede davanti a me, ci studiamo in silenzio.

Lui sorride appena. Quel sorriso storto, da lupo stanco, che ho sempre odiato.

"Marco" dice infine, inclinando appena il capo. "Non ti facevo così impaziente di tornare da me."

Non rispondo.

Non gli darò la soddisfazione di iniziare il gioco.

Antonio tamburella le dita sul tavolo. Il suo sguardo è più vivido di quanto vorrei.

Come se potesse leggermi dentro.

"Mi sorprende vederti conciato così" commenta con un finto dispiacere. "Dev'essere stata una notte... impegnativa."

Chiudo i pugni sotto il tavolo.

"Non sono qui per fare due chiacchiere, papà."

Alza un sopracciglio, compiaciuto.

Sapevo che avrebbe adorato questo momento.

"Ah, finalmente il sangue chiama il sangue" mormora, come se stesse recitando una vecchia litania.

Il mio stomaco si contrae.

"Sai qualcosa del Simbolo, Antonio?"

La mia voce è dura, spezzata solo dal battito sordo della tempia ferita.

Lui sorride ancora.

Come se stesse aspettando quella domanda da anni.

"Il Simbolo..." ripete piano, quasi assaporando le parole.

"Pensavo che non avresti mai avuto il coraggio di chiedermelo."

Si sporge in avanti.

I suoi occhi sono neri come pozzi.

E per la prima volta da anni, sento davvero paura.

"Preparati, Marco" sussurra.

"Stai per scoprire che i debiti di sangue non si estinguono mai."

***

27 FEBBRAIO 2025 – ORE 09.25

Il silenzio tra me e Antonio è diventato una cortina spessa.

Lui si sistema meglio sulla sedia, come se avesse tutto il tempo del mondo.

Io stringo i pugni sotto il tavolo, il cuore che batte così forte che quasi copre il rumore della pioggia oltre le finestre sbarrate.

"Cos'è il Simbolo, Antonio?" insisto. "E perché qualcuno sta uccidendo in tuo nome?"

Lui ride. Una risata bassa, graffiata dal tempo e dall'arroganza.

"Il Simbolo non è mio, ragazzo. Non lo è mai stato. È... di chi porta addosso le cicatrici."

Mi irrigidisco.

Ho davanti gli occhi la cicatrice che attraversa il Simbolo sul braccio dell'aggressore.

"Cicatrici?"

Antonio annuisce, piegandosi in avanti fino a sfiorare quasi il tavolo.

"Non tutti si vedono addosso i segni del passato, Marco. Alcuni li tatuano sulla pelle per non dimenticare. Altri... li nascondono dentro. Ma tutti, prima o poi, pagano il loro debito."

Mi sforzo di restare lucido.

Non posso farmi trascinare nelle sue solite parabole.

Voglio fatti, non metafore.

"E il 1997? Cos'è successo allora? Cosa c'entra tutto questo con i Romano?"

Il sorriso di Antonio si increspa in qualcosa di più sinistro.

"Il 1997..." ripete, assaporando la data come se fosse un bicchiere di vino pregiato.

"È l'anno in cui tutto è cominciato. Quando qualcuno ha deciso che la pace non era più conveniente. E che il sangue... valeva più dell'oro."

Resta zitto per qualche istante.

Poi aggiunge, quasi con dolcezza:

"E tu, Marco, sei il frutto di quel tradimento. L'ultima moneta da pagare."

Il gelo mi percorre la spina dorsale.

"Chi ha rotto la pace?" domando, la voce più tesa di quanto vorrei.

Antonio sorride, e nei suoi occhi vedo per la prima volta qualcosa che somiglia a un lampo di tristezza.

O forse è solo un'altra delle sue maschere.

"Non sta a me dirtelo, ragazzo. Alcune verità... devi guadagnartele."

Si alza, un movimento lento, quasi teatrale.

Il secondino sbuca dal nulla, un cenno secco con il mento. Tempo scaduto.

Prima di andarsene, Antonio si ferma accanto alla porta.

Si volta verso di me un'ultima volta.

"E ricorda, Marco..." dice, la voce appena un sussurro.

"Non fidarti mai di chi si nasconde dietro le cicatrici."

Poi sparisce, inghiottito dal corridoio grigio col neon ballerino del carcere.

***

27 FEBBRAIO 2025 – ORE 09.43

Esco da Opera con la testa che martella più forte di prima.

La fasciatura è umida di pioggia e sembra stringere sempre di più.

Il taxi mi aspetta dove l'avevo lasciato.

Salgo senza dire una parola.

Il sedile bagnato di pioggia, l'odore di plastica e benzina che mi sale alle narici.

Fuori dal finestrino, il mondo scivola via: un'unica, interminabile macchia di grigio e malinconia.

Cicatrici.

Sangue.

Simbolo.

Famiglia.

Tradimento.

Vendetta.

Ogni parola di Antonio si conficca nella mia mente come una scheggia.

Affiancata dal bigliettino del killer.

Non posso più ignorarlo: quello che è successo nel 1997 è la chiave.

E qualcuno sta ancora pagando il prezzo di quella notte.

Chi?

E soprattutto... perché ora?

Stringo i denti.

Devo scoprire chi porta quelle cicatrici.

E devo farlo in fretta, prima che qualcun altro finisca sotto terra.

Il cellulare vibra.

Un messaggio di Chiara.

'Incontro il contatto. Ti aggiorno.'

Annuisco tra me.

Anche lei è su una pista.

E mentre il taxi si immette nel traffico della tangenziale che riprende a fremere sotto la pioggia, so che il tempo sta per scadere.

Spero solo che non sia già troppo tardi.

Per lei.

Per me.

Per nessuno.

Capitolo 17

Tracce di sangue

27 FEBBRAIO 2025 – ORE 09.45

Sento il cuore martellarmi contro la gabbia toracica. E non è solo per la corsa.

Il bar è peggio di come lo ricordavo. O forse, da ragazzina, non ci avevo fatto caso.

Spingo la porta, il campanello cigola.

Puzza di muffa, caffè bruciato e vite sprecate.

Un paio di facce si voltano appena, poi tornano nei loro bicchieri.

Lui è già lì.

Seduto nell'angolo più buio, con la tazzina stretta vicino al petto, come fosse una coperta.

Ha le mani tremanti. Gli occhi arrossati, come se non dormisse da giorni.

Sotto la giacca consunta intravedo la camicia sudata, appiccicata alla pelle.

Quando mi avvicino, non alza nemmeno lo sguardo.

"Grazie per essere venuto" mormoro.

Si stringe nelle spalle. Non è qui per cortesia.

È qui per paura.

Mi siedo davanti a lui.

Non c'è bisogno di convenevoli.

"Quello che è successo nel 1997... c'entra con i Romano, vero?"

Lo vedo irrigidirsi.

Si guarda attorno, come un animale braccato.

"Non sarei dovuto venire" sussurra.

"Chi ti ha minacciato?"

La mia voce è più dura di quanto vorrei.

Scuote la testa. "Non devi fare domande."

Inspiro piano.

Non ho tempo da perdere.

"Massimo Romano" butto lì, come un amo.

Gli occhi gli si spalancano appena.

Un secondo. Poi si richiude.

"Non è come dicono..." mormora.

"Che significa?" incalzo.

Stringe ancora di più la tazzina, le nocche bianche.

"Non posso... Accontentati del fatto che... Certe morti fanno comodo a tanti, morto compreso."

Un brivido mi scorre lungo la schiena.

Sta per alzarsi.

Lo capisco.

Devo tirargli fuori qualcosa, adesso o mai più.

"Chi devo cercare?" chiedo.

Lui esita.

Poi, senza guardarmi, sussurra:

"Leo Moretti."

Si alza di scatto, rovesciando la sedia.

Per un istante, si blocca come se avesse visto un'ombra alle sue spalle.

Lascia i soldi sul tavolo e si lancia fuori nella pioggia. Sembra stia scappando dal Diavolo.

Resto seduta, immobile.

Il cuore batte forte. Leo Moretti.

Il nome torna a galla, come un cadavere buttato nel fiume.

E, forse, è proprio questa storia che fa tornare a galla i morti.

Esco dal bar.

Non sento più la pioggia.

Non sento più il freddo.

Prendo il telefono.

Devo raggiungere Marco.

Subito.

Perché qualunque cosa stia succedendo...

In questa città fradicia di pioggia e sangue, anche i fantasmi corrono più veloci.

Capitolo 18

Giocare col fuoco

La puzza di caffè bruciato e disinfettante mi accoglie appena varco la soglia del commissariato.

Ogni passo che faccio verso l'ufficio di Greco pesa come un macigno.

Nun sto più a casa mia. A dirla tutta, forse nun ce so' mai stato.

E oggi, più che mai, camminare su 'ste mattonelle fredde è come infilarmi da solo nella bocca del lupo.

Mi fermo davanti alla porta di Greco.

Bussare o entrare diretto?

Bussare è meglio. Mi dà l'aria de uno che rispetta ancora le gerarchie.

"Avanti!"

La voce tagliente di Greco mi inchioda pe' n'attimo. Poi entro.

Lui è lì, dietro la scrivania. Se starà ad accenne la centesima sigaretta de 'sta mattinata.

Sembra rilassato, ma gli occhi... quelli te scavano.

"Aò, Commissa'..." attacco, con il tono più neutro che riesco a trovare. "Pensavo che vede' 'na faccia amica era mejo, no?"

Un sorriso storto gli scivola sulle labbra.

Non gli piace essere preso per il culo.

Non glielo faccio capi'.

O almeno ce provo.

"Faccia amica, eh?" commenta. "In questi giorni, le facce amiche sono una specie in via d'estinzione."

Mi siedo senza esse invitato. Gioco sporco? Forse.

Ma devo sembra' sicuro.

"Che novità co' 'sto casino de' Romano?" butto lì, come se non me ne fregasse niente.

Greco espira fumo dal naso.

"Romano pesava già vent'anni fa" dice, la voce ruvida. "E pesa ancora. Morti che parlano... vivi che vorrebbero dimenticare."

Fingo un sorrisetto. Ce provo.

"E Moretti?"

Per la prima volta, vedo una crepa nel suo sguardo.

Solo per un secondo.

"Moretti..." ripete piano. "Bravo ragazzo, dicono. Laureato, fedina pulita. Testa dritta."

Sbuffa.

"Ma la mela, Rinaldi... la mela *nun casca* mai troppo lontano dall'albero."

Fingo di non cogliere.

"Pensava de esse stato sepolto pure lui co' tutti 'sti casini."

Greco ride.

Una risata bassa, velenosa.

"No, no. Lui è vivo e vegeto. E forse... ha deciso di fare pulizia. O forse sta coprendo qualcun altro."

Mi si gela il sangue nelle vene.

Sta suggerendo?

Sta depistando?

Io ce riprovo.

"Commissa'... ma de Massimo Romano? Che me dici?"

Greco se blocca pe' n'istante, come er CD in macchina da regazzetto alla prima buca de Roma mia.

Come se stesse cercando e pesando le parole.

Poi, senza guardarmi negli occhi, risponde:

"Massimo? Storia vecchia. È sparito prima che le cose si facessero... interessanti."

Sparito.

Non morto.

Sparito.

Il dettaglio m'esplode in testa come 'na bomba. Silenziosa, però.

"Ma allora..." abbozzo, cercando di non farmi tradire dalla voce.

Greco spegne la sigaretta.

Sorride, quel sorriso di chi sa molto più di quello che dice.

"Lascia perdere, Rinaldi. Se inizi a scavare troppo... rischi di restarci sepolto pure te. Più dell'ultima volta."

La frase mi resta addosso mentre mi alzo. Me ferma solo l'immagine der poro Fra nella testa mia.

"Sta tranquillo, Commissa'. Io so' leggero come 'na piuma. Volerei via subito..."

Greco ride ancora. Ma non c'è allegria, stavolta.

Solo il rumore sordo di una trappola che si sta chiudendo.

Quando esco, l'aria gelida me pia a schiaffi la faccia.

Mi infilo il cappuccio del k-way sulla testa.

Massimo Romano.

Leo Moretti.

I Ferrante.

Un groviglio de sangue e bugie, de vendetta e de morti apparenti.

Mi volto per strada. Un'ombra? Un movimento?

O solo 'sta cazzo de pioggia che me balla davanti l'occhi?

Devo moveme.

Devo anda' da Marco e Chiara.

'Ndo cazzo staranno?

De sicuro nella merda.

Tocca sbrigasse.

Prima che qualcuno chiuda er sipario pe' sempre.

Capitolo 19

Sospetti

27 FEBBRAIO 2025 – ORE 11.25

Quando vedo Rinaldi e Chiara entrare nella caffetteria, capisco subito che qualcosa è cambiato.

Non sono solo stanchi.

Sono... scossi.

Più di prima. Forse più di me.

Chiara stringe la tracolla come se volesse spezzarla.

Rinaldi ha quell'andatura tesa che riconosco fin troppo bene: quella di chi sa di avere tra le mani una bomba a orologeria.

Ci sediamo in un angolo. Nessuno parla per un minuto.

Il rumore delle tazzine e del caffè che gocciola dal bancone riempie il vuoto.

Finalmente è Rinaldi a rompere il ghiaccio.

"Allora, 'nnamo dritti ar punto."

Appoggia i gomiti sul tavolo e abbassa la voce. Anche se nel bar non c'è nessuno.

"Greco sa tutto. E sta a copri' qualsiasi cosa può copri', st'infame."

Mi piego in avanti, incrocio le mani.

"E se Greco non stesse solo coprendo... ma anche pilotando le prove? Gli omicidi seguono un pattern, ma ogni dettaglio che troviamo sembra depistato."

Chiara annuisce. "Le scene sono troppo... pulite. Come se qualcuno le preparasse per farci arrivare a una sola conclusione."

Rinaldi si gratta la barba. "O peggio... come se stamo a legge un copione. E chi lo scrive, ce conosce bene."

La faccia di Chiara è pallida. Ma negli occhi si vede la sua determinazione.

"Io ho parlato con il vecchio collega di tuo padre" aggiunge. "È terrorizzato. Voleva dire qualcosa su Massimo Romano, ma poi si è trattenuto."

Respiro piano.

Massimo Romano è morto e sepolto da anni. Come il fratello Luca. Ed ora anche il cugino Francesco.

"E Greco ha usato il termine *'sparito'* pe' Romano... Voi vedè che c'ho ragione?"

Dannazione. Ecco perché tutta quella fretta di archiviare i casi Romano, le poche righe nel fascicolo... Greco ci sta dentro più del killer.

Mentre ragiono su Massimo e la sua morte accidentale in circostanze sospette, Chiara mi riporta sulla terra.

"Ma prima di svanire, il contatto ha fatto un nome."

Lo so già.

Lo sento.

Ne abbiamo parlato a casa di Chiara.

"Il tuo amico Leonardo Moretti."

La tazzina mi scivola quasi dalle dita. Sento la fasciatura non riuscire più a contenere la mia testa.

Sta esplodendo.

Leo.

La mia infanzia.

Il mio amico.

"Non può essere..." mormoro.

"Ferrante" interviene Rinaldi, serio, "Moretti ha sempre orbitato attorno ai Romano. Pure Greco ha ammesso che 'sta mela nun è cascata tanto lontano dall'albero."

Rinaldi si sfrega di nuovo la barba, come se pensasse a voce alta.

"A proposito de Moretti... gira voce che ogni tanto s'accompagni co' uno... 'na faccia nota.

Uno dei nostri tempi. Mo' se fa chiamà Ubaldo Corsini. 'Na vecchia carogna che nun s'è mai sporcato ufficialmente... ma l'odore de merda je resta addosso."

Chiudo gli occhi un istante.

Mi brucia la ferita alla tempia.

Le parole di Antonio si ripresentano, come un morso alle tempie.

'Non fidarti di chi si nasconde dietro le cicatrici.'

Ho un conato di vomito che trattengo a stento.

Leo.

Silenzioso, schivo, sempre presente... ma sempre un passo indietro.

Un fantasma amico.

"È pulito, ufficialmente" dice Chiara. "Psichiatra stimato, niente precedenti, collabora con la Polizia Penitenziaria e gli Istituti di Reclusione. Ma ci sono legami. Sfumati... ma ci sono."

"Quindi pensate che..."

Mi fermo.

Le parole fanno male anche solo a formularle.

"Pensate che sia lui il killer?"

Chiara evita il mio sguardo.

Rinaldi, invece, si gratta la nuca.

Vorrei aggrapparmi all'idea che Leo non c'entri. Che ci sia un errore. Ma ogni pezzo che aggiungiamo al puzzle... racconta un'altra storia.

"Se non è lui... sta a coprì chi è stato. Ma è abbastanza giovane e agile..."

Abbasso lo sguardo sulle mani.

Sto stringendo talmente tanto la tazzina che le nocche sono bianche come la schiuma di latte.

Chiara si piega in avanti.

"C'è un'altra cosa. L'anno chiave è il 1997, Marco. Tutto parte da lì. Dall'inaugurazione di AutoElite, dai rapporti sporchi tra i Romano e tuo padre."

Sudo. Nonostante la temperatura sia più adatta a dicembre che a fine febbraio.

"E Moretti... Sapeva già qualcosa su quella storia. Crescendo, ne ha fatto probabilmente la sua crociata."

Sento il peso di tutte quelle verità incomplete schiacciarmi il petto.

"Quindi adesso che si fa?" chiedo, la voce roca.

Chiara si scambia un'occhiata rapida con Rinaldi.

"Semplice" dice lui. "Se Leo è davvero coinvolto, se è lui il killer, dovemo stanarlo. 'Ndo cazzo pensi d'anna'... A parlaje come se niente fosse? Dovemo incastrallo. Ce serve una trappola fatta bene, stavolta."

Annuisco.

Un piano si sta formando, crudo e pericoloso, nella mia testa.

Il cucchiaino continua a sbattere sul bordo della tazzina come un metronomo. *Tic. Tic. Tic.*

E intanto, stiamo decidendo se Leo è un assassino.

"Lo costringeremo a venire da noi" mormoro. "Lo faremo uscire allo scoperto."

Chiara stringe la mandibola.

"Ma stavolta, Marco... giochiamo pulito. Niente corse da solo. Niente cazzate da eroe solitario."

Rinaldi ghigna.

"Aò, stavolta ce serve 'na squadra. E dovemo movece prima che qualcun altro faccia sparì pure Moretti."

Appoggio le mani sul tavolo.

Il tremore che mi percorre non è paura.

È rabbia.

Leo...

Se è davvero coinvolto...

Se mi ha tradito...

Non avrà scampo.

O forse...

Non è lui il burattinaio.

Ma uno come Leo, se c'entra qualcosa, non può restare nell'ombra ancora a lungo. Non ne è capace.

Almeno per quel che ricordo.

Ma noi... lo scopriremo.

"Ok. Lo avrei voluto già chiamare perché è dall'università che non lo vedo..." dico, stringendo i denti.

Avrei voluto. Ma ogni volta che prendevo in mano il telefono, qualcosa dentro mi bloccava. Come se una parte di me già sapesse.

"Ora, a maggior ragione, tendiamogli questa trappola."

Chiara e Rinaldi annuiscono.

"Io te posso da 'na mano a stanallo, come investigatore privato" mi dice Luca.

Chiara, come se avesse fatto la scoperta del secolo, ha gli occhi brillanti.

"Io, invece, posso fare di meglio. Mio fratello è un ethical hacker. Lavora per aziende di sicurezza informatica, ma sa ancora come muoversi nei vicoli bui del deep web. Può aiutarci a tenere sotto controllo Leo, con chi parlerà una volta che lo avremo incontrato..."

"Lo avrò incontrato, Chiara. Se, come pensiamo, lui è il killer... Vedendo anche voi scapperebbe via o, peggio ancora, proverebbe a farci fuori. Ma sarete vicino, pronti ad intervenire."

Il silenzio che regna, interrotto solo dal barista che monta il latte, fa capire che ci siamo.

Un patto muto.

Un nuovo inizio.

E stavolta... Nessuna pietà.

***

ESTATE 1997

La sabbia mi graffia le ginocchia.

Sono di nuovo a terra.

Il bullo più grande mi ride in faccia, la sua ombra mi copre come una nuvola nera.

Vorrei reagire.

Ma non ci riesco. Sono solo un bambino di dieci anni.

Poi vedo Leo.

Non dice niente.

Scatta in avanti come una furia.

Colpisce, morde, graffia, senza paura.

Combatte come se non gliene fregasse più niente di niente.

Il ragazzo scappa, piangendo.

Leo si inginocchia accanto a me.

Ha la faccia sporca di terra, un taglio sul braccio.

Mi tende la mano.

Sorrido.

Ma il suo sorriso non è come quando giochiamo.

***

Quella sera, tornando a casa, passa una macchina nera.

Vetri oscurati.

Dentro, due uomini in giacca scura.

Leo si blocca.

Si stringe nelle spalle.

Come se il solo vederli gli spezzasse il respiro.

"Chi erano?" gli chiedo, incuriosito.

Lui non mi guarda.

Sussurra appena, come se avesse paura che qualcuno lo sentisse.

"Romano."

Una parola che pesa come un macigno.

La sputa come si sputa veleno.

Io non capisco.

E, forse, non voglio capire.

***

Primavera 2009

Il campus è quasi deserto.

Cammino lungo i corridoi quando li vedo.

Leo.

E un uomo che non ho mai visto prima.

Non è un professore.

Non è uno studente.

Indossa un vestito elegante.

Occhi duri.

Una cicatrice lunga sulla mano destra.

Leo ride.

Una risata strana, forzata.

Una risata che non gli ho mai sentito.

Quando si accorge di me, il sorriso gli muore sulle labbra.

Saluta frettolosamente quell'uomo.

"Chi era quello?" gli chiedo quando si avvicina.

Leo distoglie subito lo sguardo.

Scrolla le spalle.

"Non è niente."

Troppo veloce.

Troppo difensivo.

Faccio per insistere.

Ma Leo scuote la testa.

E, quasi sottovoce, dice:

"Tu hai avuto un padre, Marco. Invece io ora so di aver avuto una condanna."

Non capisco.

Non del tutto.

Non ancora.

Ma sento che, da quel momento, qualcosa tra noi si è incrinato.

E che Leo nasconde qualcosa di grosso.

Qualcosa che ha radici molto più profonde di quanto avessi mai immaginato.

Capitolo 20

La Trappola

3 MARZO 2025 – ORE 13.18

Il caffè è diventato ghiaccio nella tazzina.

Guardo fuori dalla finestra del bar sotto casa mia, le dita che tamburellano sul tavolo senza ritmo.

Chiara e Rinaldi sono seduti con me, ognuno perso nei propri pensieri.

"È oggi o mai più" mormora Chiara, chiudendo il tablet che riporta le notizie sulla polizia che brancola nel buio riguardo al *'Killer della Metro'*, come lo hanno rinominato.

Annuisco.

Leo non deve sapere che lo sospettiamo.

Non deve capire che gli stiamo tendendo una trappola.

Deve essere la cosa più naturale del mondo. Un vecchio amico che richiama il compagno di una vita.

"Il messaggio? È pronto?" chiedo a Chiara.

Lei prende il cellulare fornitoci dal fratello Valerio.

Mostra lo schermo.

Un messaggio semplice, pulito, innocente.

'Ehi Leo, sono Marco. È troppo che non ci vediamo. Ti andrebbe un caffè per aggiornarci un po'? Ne sono successe di cose... Mi farebbe davvero piacere rivederti!'

Nessun accenno alla verità.

Nessun sospetto. Spero.

"Perfetto" dico. "Mandalo."

Chiara preme invio.

Il conto alla rovescia è iniziato.

***

3 MARZO 2025 – ORE 15.02

La risposta arriva.

Leo accetta.

Proprio come speravamo.

'Ci vediamo alle 18.00 al Café Noir, zona Porta Romana. Conosci?'

Il cuore mi martella nel petto.

Non per l'emozione di rivedere un vecchio amico.

Ma per il terrore strisciante che quell'amico possa aver sparso sangue.

E forse, voglia ancora farlo.

Anche con me.

Rinaldi guarda Chiara.

"Io l'ho beccato. Mo contatta tu' fratello. Deve avere sotto controllo l'area. Videocamere, cellulari, movimenti strani. Se Leo c'ha un supporto, se nun vie' da solo… Voglio sapello prima."

Chiara annuisce.

"Non può farcela da solo con tutte queste cose. Ed anche se potesse, rischierebbe di nuovo il carcere… Potrà verificare le celle telefoniche a cui si aggancia ed entrargli nel telefono: sta già controllando da dove ha risposto, oltre ad inviargli un virus per messaggio in modo da poter essere nello smartphone senza che se ne accorga."

Siamo una squadra improvvisata, ma determinata.

Nessuno di noi si fida più della polizia ufficiale.

Non dopo quello che Greco ci ha fatto capire.

***

3 MARZO 2025 – ORE 17.46

Sono in macchina, a due isolati dal Café Noir.

La pioggia riprende a cadere.

Una lama sottile che taglia l'aria.

Mi guardo nello specchietto.

Occhiaie profonde, sguardo da naufrago.

Non sono pronto.

Ma lo sarò.

Devo esserlo.

Chiara è posteggiata dall'altra parte della strada, il cappuccio tirato su.

Rinaldi è appostato poco più avanti, seduto su una panchina, una copia stropicciata della Gazzetta dello Sport tra le mani.

Tutti pronti.

Tutti in silenzio.

Aspettiamo.

***

3 MARZO 2025 – ORE 18.03

Leo arriva.

E per un attimo, il mondo si ferma.

È uguale e diverso insieme.

La camminata sicura, l'aria da bravo ragazzo.

Un cappotto elegante, la sciarpa grigia avvolta con cura.

Sorride mentre entra nel bar.

Un sorriso così naturale che, per un momento, vorrei credere che tutto sia un enorme errore.

Che Leo non sia quello che temiamo.

Che sia ancora il mio amico.

Il bambino che mi difendeva sulla spiaggia.

Il ragazzo che rideva con me nei corridoi dell'università.

Ma quella speranza muore appena si toglie il cappotto.

La manica si alza più del dovuto.

Intravedo una linea scura.

Un tatuaggio.

Quel maledetto Simbolo.

Tutti i ricordi, tutti i legami... si sgretolano in un istante.

Deglutisco.

Sfoggio un sorriso finto.

Il gioco è cominciato.

Capitolo 21

Sangue e Verità

3 MARZO 2025 – ORE 18.07

"Aaron Hotchner! Quanto tempo! Wow, non sei invecchiato di un secondo!"

Hotchner. Dal 2012 nessuno mi chiamava più così. Serie TV, profiler, battute da bar. Lui era il Derek Morgan della compagnia: bello, arrogante, impavido. Peccato gli sia rimasto solo il sarcasmo.

"Con te invece, Derek, il tempo sembra aver fatto gli straordinari."

153

Mi fulmina. Sorride, ma è il sorriso di chi ti immagina morto. Il rancore gli scivola negli occhi, come vetro rotto.

"Non tutti hanno avuto la tua fortuna, Hotchner. Io ho lavorato dodici ore al giorno. Tu? Quante ore di sonno ben pagato?"

Colpisce dove sa che fa male. Non è solo rabbia sociale. È personale.

"Hai pienamente ragione."

Devo restare lucido. Se lo perdo adesso, mi sfugge tutto. E Leo è la chiave.

"Sono riuscito a fare quel salto... quello che ti spinge dove vuoi andare. Ho saputo che tu, invece, collabori con la Penitenziaria?"

"Sapevo che eri bravo nei compiti. Sì, lavoro con gli Istituti. Il tuo paparino non te lo ha detto? So che siete diventati molto... intimi."

Cazzo.

"Non mi dire che..."

Arriva l'aperitivo. Silenzio forzato. Il cameriere mi guarda come si guarda uno con i giorni contati. Cerotto sulla testa, occhi vuoti. Profilo basso da barbone.

Leonardo riprende appena ci siamo solo noi.

"Antonio è uno dei detenuti che seguo. E devo dirti... ha aiutato me più di quanto io abbia aiutato lui. È stato più di un paziente. È stato una guida."

Lo dice con orgoglio. Un ghigno. Siamo al punto.

"È sempre stato un pozzo di storie, mio padre..."

"Storie? No. Verità. E so perché sei qui. Ma rilassati, non sono io il tuo *'killer della Metro'*."

Ottimo. Smontato prima di poter iniziare.

"E già che ci siamo... vuoi una chicca?"

"Vai."

"Ti ricordi i fratelli Romano?"

"E chi li scorda."

"Sono figlio di Luca. Illegittimo, ma pur sempre suo. Altro che madre single e disgraziata... pace all'anima sua."

Merda.

"Mio padre lo sapeva?"

"Certo. Me lo disse un paio d'anni fa. Col tempo, mi ha raccontato molto di più. Su di te. Su... *perché* papà Luca è morto così presto."

La testa mi esplode. Non so se per il dolore fisico o le bombe che continua a sganciare.

"Cosa ti ha detto, Leo?"

Ma lui è già sparito. Al suo posto, una banconota da 20 euro.

Il telefono vibra. Rinaldi.

"Aò, a profiler... Leo è ripartito. T'ho preso la targa, se serve."

Serve eccome.

"Dimenticavo... c'era 'na macchina nera coi vetri scuri, ferma su 'na traversa vicino ar Café Noir. Giuro... me pareva proprio Corsini. Occhi infami e sigaretta spenta tra le dita. Come se aspettasse un cenno. O un bersaglio."

Nei film americani, ora partirebbe l'inseguimento.

Forse pure uno scontro a fuoco.

Ma io non sono in un film.

Questa storia finirà sporca.

Come tutto il resto.

Capitolo 22

Misteri Sepolti

15 MARZO 2025 – ORE 10.37

"Non mi ci far pensare, per favore. Quel pirla stava per mandare tutto in vacca per farsi bello col compagnuccio di università…"

"Ma dai, lo sai che Leonardo non avrebbe mai sputato tutto quello che gli abbiamo fatto sapere."

"Se non fossi intervenuto tu – il mio angelo custode – a quest'ora aveva spifferato tutto al profiler… E, di conseguenza, ai suoi due nuovi amichetti. Fanno proprio una bella squadra!"

"Credo sia ora di passare al piano B, Roberto."

"Purtroppo, devo ammettere che hai ragione. Però l'idea del tuo nuovo tatuaggio, copiato a Leo con tanto di cicatrice... Ci può dare una grossa mano."

"Commissà, sai benissimo che i dettagli sono il mio forte. Non sarò riuscito a far fuori Ferrante Junior... Ma, sotto sotto, credo che tutto questo giocherà a nostro favore!"

"Hai ragione, Ubaldo... O come ti fai chiamare ora! E già ho una mezza idea di come andare a parare uscendone puliti. Fammi un favore, stasera vediamoci nel solito luogo, ho delle indicazioni preziose per te."

Il piano è pronto. Spero che quel dannato profiler non si impicci troppo. Devo solo pensare a come sviarlo.

Per l'ennesima volta.

E stavolta, chi si metterà in mezzo, non avrà nemmeno il tempo di pentirsene.

***

15 MARZO 2025 – ORE 11.51

Il cielo è un coperchio di piombo su Milano. Cammino lungo i Navigli, ma non vedo l'acqua.

Solo riflessi sfuocati. Pensieri. Tracce. Voci.

Leo è sparito da dodici giorni. Rinaldi ha seguito quella targa, ma si è persa nei pressi della tangenziale ovest.

L'auto era intestata a una donna morta due anni fa.

Classico.

Chiara ha scavato per giorni nei registri del carcere di Opera, collegando le visite fatte da Leo ad Antonio. Ha trovato anomalie.

Visite senza firma. Fascicoli temporaneamente spariti. Nomi che ricorrono. Volti noti.

E uno, in particolare, torna spesso: Ubaldo Corsini. Niente di ufficiale, ma compare in fotografie con Greco, in passato. Una specie di ombra.

"Marco" dice Chiara mentre mi raggiunge, "ho trovato qualcosa. Qualcosa di grosso."

Mi porge una cartellina.

All'interno, fotocopie: una lettera scritta da Antonio.

Non datata.

Non firmata.

Ma la calligrafia è sua.

L'ho vista troppe volte.

'Leo' c'è scritto, 'ti chiedo solo una cosa: quando sarà il momento, ricordati chi ti ha dato un nome. Non lasciare che decidano loro cosa farne.'

È un avvertimento.

Una richiesta.

Un ordine.

Tutto in uno.

Chiara mi guarda. Occhi lucidi.

Nessuna paura.

"Greco lo ha usato, Marco. E ora lo tiene in pugno."

Chiudo la cartella. Inspiro. Mi volto verso la città.

"Se vogliono seppellire la verità, dovranno passare da me."

***

20 MARZO 2025 – ORE 17.40

Cinque giorni. Cinque dannati giorni passati a rincorrere ombre...
e poi...

"Caso chiuso."

La voce di Greco rimbomba nella sala stampa della Questura.

Il suo volto trasmette sicurezza, la maschera del vincitore.

Leo è stato arrestato nel primo pomeriggio. Il coltello trovato nel
suo zaino combacia. Tutto troppo preciso.

Ma io che penso di conoscerlo, so: non è un assassino.

Non di quel tipo.

La stampa ha già il titolo pronto: *Preso il Killer della Metro.
Professionista stimato o mostro mascherato?*

Io sono in fondo alla sala.

Guardo fisso il pavimento. Gli occhi non seguono più le parole. Solo i dettagli. Gli errori.

Una foto segnaletica scattata con una maglietta strappata che non è della sua taglia.

Un testimone ambiguo.

Un tatuaggio che spunta nei rapporti e poi scompare.

Greco ha costruito tutto, mattone dopo mattone. Un capolavoro dell'inganno.

Chiara si avvicina. Mi porge un foglio.

Quella carta è leggera. Ma pesa come un verdetto.

"Questa testimonianza è stata raccolta prima dell'ultimo omicidio. Ma descrive dettagli che ancora non erano pubblici."

La guardo.

Un dettaglio.

Uno spiraglio.

Una falla.

"Sta cercando di incastrarlo, Chiara. Ma non ha previsto noi."

Perché adesso non stiamo più indagando.

Adesso noi ci riprendiamo tutto.

Capitolo 23

Sangue sotto chiave

27 MARZO 2025 – ORE 10.12

La cella 14/B è avvolta dall'assenza di rumori.

Antonio… Papà giace scomposto sul pavimento freddo.

Una sottile striscia di sangue gli cola dalla bocca, si mescola al cemento grigio e si ferma sotto la branda.

Nessun segno evidente di colluttazione.

Nessun urlo udito.

Nessuna richiesta d'aiuto.

Solo silenzio.

E il suo sangue rappreso intorno al corpo.

La sua faccia piena di lividi mi vuole dire qualcosa.

"Non sei come me, Marco... Sono state le sue ultime parole. Un sussurro rotto, quasi una benedizione o una maledizione."

Mi giro di scatto, scosso come se fosse proprio Antonio a parlare. Invece è soltanto il secondino che ha soccorso mio padre.

"Abbiamo visto dalle telecamere chi è stato. Lo hanno già portato in questura."

Non riesco a parlare. Gli faccio un cenno con la mia testa fasciata.

Non sei come me... Forse aveva ragione. Forse non essere come lui non basta per essere migliore.

Ecco perché vincerai. Se non fosse morto prima, avrebbe chiuso così.

E... sì, papà.

Vincerò.

***

27 MARZO 2025 – ORE 13.30

Dall'altra parte del vetro, Leo viene interrogato.

Ripete sempre la stessa frase: "Non era più giusto che restasse in vita."

Sono qui con Rinaldi. Greco è a un metro da noi. Ma sembra più lontano di tutti. Il suo sorriso è una lama chiusa in tasca.

È stato costretto a chiamarci dal PM perché siamo ufficialmente collaboratori di questa indagine.

Ma non credo sia molto felice di vederci.

"E ora, il cerchio si chiude" sussurra.

Leo era già stato incastrato per gli omicidi della Metro.

Ora, con la morte di mio padre, la narrativa è perfetta.

È il finale scritto da chi maneggia sangue e inchiostro con la stessa disinvoltura.

Un mostro con due volti.

Il figlio bastardo e violento, in cerca di vendetta.

Il depresso senza redenzione.

Il capro espiatorio ideale.

Ma io non ci credo.

E quel sorriso sulle labbra di Greco me lo conferma.

* * *

2005

Sono alle prese con le mie scartoffie.

Qualcuno dovrà pur mandare avanti questa Famiglia...

Il mio ufficio è immerso in un'atmosfera pesante.

È appena entrato un giovane ispettore di Polizia. Che conosco bene.

Le tapparelle filtrano la luce in linee diagonali.

Nella penombra, il volto tagliato da una striscia di luce, Roberto Greco mi guarda fisso.

Tiene le mani dietro la schiena.

Il suo volto è più oscuro che mai.

Sento il rumore dei braccialetti.

"Tu non puoi farmi questo" dico con la voce ancora tonante, ma incrinata.

"Non io, Antonio" risponde Greco. "È la legge."

"No. È la vendetta."

Noto Massimo in piedi sulla porta.

Non dice nulla.

Ma gli occhi parlano. Parlano di un debito di sangue.

Di un fratello ucciso.

Di un nipote cresciuto nell'ombra.

Pochi minuti dopo vengo ammanettato.

Il mio regno finisce qui.

***

27 MARZO 2025 – ORE 21.30

Spengo la TV.

Il notiziario ha appena mandato in onda la notizia: 'Antonio Ferrante, ex boss della malavita milanese, trovato morto nella sua cella. Le autorità parlano di un regolamento di conti.'

Chiara è accanto a me, seduta sul divano.

Mi sta sempre più vicino ultimamente. Spero sia solo per questa strana indagine.

Tiene tra le mani una stampa del referto medico: contusioni compatibili con percosse, ma troppo precise per essere il risultato di una rissa casuale.

Ed una singola pugnalata con un coltello rudimentale.

Mirata.

"Non era lì per quello" mormora lei. "Leo non è un assassino. Non per istinto. Ma lo hanno spinto lì."

Annuisco, lo sguardo fisso nel vuoto.

Ormai siamo sulla stessa lunghezza d'onda.

"Greco gli ha messo il coltello in mano. Ha spinto ogni leva, ogni dolore, ogni colpa."

"E adesso?"

Lei mi guarda. Occhi pieni di qualcosa che non so leggere.

C'è un secondo di silenzio. Immobile. Perfetto.

Poi le prendo la mano. Forse. O forse è stata lei.

"Ora... ora dobbiamo svelare ogni pezzo. Ogni bugia. Ogni tradimento. Lo incastreremo con la verità.

Anche se dovessimo distruggere tutto quello che resta di me per farlo."

Capitolo 24

La maschera cade

30 MARZO 2025 – ORE 08.12

Non è una grande scoperta.

All'apparenza, solo un dettaglio.

Una virgola fuori posto in un verbale. Ma certe virgole, se guardate con l'occhio giusto, sanno parlare più di mille confessioni.

Sveglio da ore. Notte in bianco. Il fascicolo aperto sul tavolo della cucina, la moka fredda accanto. Il caffè non sa più scaldare niente, nemmeno la rabbia.

Rileggevo i rapporti sul terzo omicidio attribuito a Leo.

In fondo alla deposizione, una frase stonata come un coltello sul vetro:

'...il cane era legato alla panchina, proprio accanto al padrone.'

Falso.

Quando arrivarono i primi agenti, il cane era già fuori controllo.

Correva in tondo.

Abbaiava disperato.

Le zampe sporche di sangue, il guinzaglio trascinato sull'asfalto.

Probabilmente, per un certo tempo, era stato legato.

Non per pietà.

Non per sicurezza.

Per praticità.

L'aggressore lo aveva assicurato alla panchina per agire indisturbato.

Per avere entrambe le mani libere. Per operare con calma.

Poi, a crimine compiuto, lo ha slegato.

Per sporcare la scena.

Per fingere caos.

Per far sembrare tutto più umano. Più casuale.

Solo chi era lì.

Solo chi ha mosso ogni dettaglio.

Solo chi ha ucciso... avrebbe potuto orchestrare quel gesto.

Il testimone non ha solo mentito.

Ha firmato la scena.

Mi alzo, scrollo la testa. La tempia mi pulsa ancora.

Mi preparo un caffè nuovo, più amaro del precedente. Mando un messaggio a Rinaldi: *'Verifica scientifica – omicidio 3. Testimone da incrociare. C'è una falla.'*

Fuori Milano è avvolta in quella luce opaca da fine inverno.

Cammino verso l'archivio della Questura. Serve scavare ancora.

Non ho altra scelta.

***

30 MARZO 2025 – ORE 10.45

La stanza è gelida, umida.

Ma la mia testa scotta.

Mi muovo tra faldoni logori e dossier dimenticati.

Trovo un rapporto che mi fa alzare le antenne.

Un certo Ugo Cortesi: schedato più volte per pestaggi, estorsioni, *collaborazioni riservate* con la Polizia.

Mai condannato. Sempre sparito prima di essere incastrato.

La foto segnaletica è vecchia, ma qualcosa mi blocca il respiro.

Quelle sopracciglia folte, quella mascella squadrata... li ho già visti.

Da qualche parte.

Sfioro il foglio con le dita.

Ma non riesco ancora a collegare.

Non ancora.

Di fianco, finalmente il fascicolo che cercavo: Luca Romano. Anno 1997.

C'era sempre stata una parte che non tornava.

L'omicidio era stato etichettato come autodifesa. Ma non avevo mai visto la documentazione originale. Finché oggi...

Una foto.

Mio padre. Più giovane, più selvaggio.

Una pistola nella mano. Un corpo a terra.

Luca Romano.

Poi, una pagina scritta a macchina: "Tentato rapimento del minore Ferrante. L'intervento del padre ha impedito il sequestro."

Il minore Ferrante.

Io.

Flash. Ricordo sbiadito.

La paura.

Il buio.

Le mani che mi trascinano.

Una cicatrice sul braccio.

L'odore di cuoio vecchio.

Il baule che si chiude sulla mia testa.

Era tutto vero.

Non un sogno.

Non un incubo.

Solo memoria. Soppressa per sopravvivere.

Papà ha ucciso Luca Romano per salvarmi.

E per questo, ha scoperchiato il vaso di Pandora.

Ha scatenato la vendetta di Massimo.

Ha tradito la Famiglia.

Per me.

Mi siedo. Le mani tremano.

In quel gesto, in quella scelta... si è rotto tutto.

***

30 MARZO 2025 – ORE 14.22

Rientro con la cartella sotto il braccio. Il telefono vibra. È Rinaldi. Rispondo subito.

"Hai avuto riscontro?"

"Marco, stai seduto? Quel testimone è sparito. Letteralmente. E c'è dell'altro: da fonti interne, ho saputo che il referto della scientifica è stato aggiornato. C'è una nuova impronta... Preparati: compatibile con Massimo Romano. Ho fatto prima de Greco, 'sta vorta!"

Il cuore salta un paio di battiti. Mi accascio sul divano per non sbattere di nuovo la testa. Non rispondo subito.

173

Massimo è morto.

O almeno, così si diceva.

"Impossibile."

Una parola vuota, detta per abitudine.

Massimo è morto. Doveva esserlo.

E invece...

"No, Marco. L'impronta è stata confrontata co' tre campioni de Romano. Nun c'hanno dubbi."

Guardo fuori dalla finestra. Piove.

Sento il sangue gelarsi nelle vene.

Sento la ferita alla tempia riaprirsi come un vecchio peccato.

Massimo Romano è vivo.

***

30 MARZO 2025 – ORE 16.00

"Anch'io ho trovato qualcosa" dice entrando. Gli occhi brillano, non di terrore, ma di una chiarezza che inquieta.

"Buongiorno anche a te, Chiara!"

Cerco di sdrammatizzare un po'.

Lei tira fuori una chiavetta USB dalla tasca.

"Una mail anonima, ricevuta questa mattina. Dentro c'erano questi file. Il vantaggio di essere una giornalista."

Li apro al volo.

Video a bassa risoluzione. Telecamere interne di un tunnel abbandonato.

Si vede un uomo che cammina con passo claudicante. Spalle larghe. Volto parzialmente coperto.

Ma basta un fermo immagine per togliermi il respiro.

"È lui. È Massimo."

Chiara annuisce. "C'è anche una foto. Tatuaggio identico a quello di Luca Romano. E... questo."

Mi porge un foglio stampato. Una lettera, datata 2004. Firmata da Massimo. Parla di *un patto con un poliziotto* e di *una morte da simulare per rinascere.*

La rileggo tre volte.

Poi alzo lo sguardo.

"Greco non ha mai brancolato nel buio."

Lo sapeva. Da sempre.

Era il burattinaio, non il poliziotto.

Chiara si siede, esausta.

"Non ha mai finto solo con noi. Ha finto con tutti."

Resto in piedi, in silenzio.

Il cuore come piombo.

Il fantasma è tornato.

Ma non è più un'ombra.

È carne.

È sangue.

È famiglia.

È vendetta.

Capitolo 25

La Resurrezione

30 MARZO 2025 – ORE 21.01

Il camino crepita piano. Il bicchiere di Jack Daniels mi scalda le dita, ma non il pensiero che mi ossessiona.

Se Greco ha davvero aiutato Massimo a sparire, allora l'inizio non è mai stato un'indagine.

È sempre stata una recita. Una grande bugia.

***

2016

La radio gracchia.

"Sospetta morte naturale. Rione Bovisa. Appartamento 3B."

Prendo la giacca. Salgo in macchina. La centrale mi ha chiamato. Ufficialmente.

Ufficiosamente, invece, è tutto già scritto.

Guido senza fretta. Fari spenti a metà strada. Nessuno deve sospettare che, stanotte, è la notte che cambierà tutto.

Il palazzo è fatiscente. Avvolto completamente nell'oscurità. Il portone cigola.

Salgo le scale.

Massimo Romano è adagiato sul letto. Immobile. Braccia lungo i fianchi.

Il volto pallido. Gli occhi chiusi.

Nessun segno di vita.

Controllo il polso. Nessun battito.

Controllo la pupilla. Reagisce a fatica.

Segni lievi, appena percepibili.

Segni che chi non sa dove guardare ignorerebbe.

Segni di una mano fidata, che aveva preparato il corpo poco prima del mio arrivo.

Un lavoro pulito.

Controllo il microfono della radio. Voce ferma.

"Centrale, qui Greco. Ho trovato il soggetto. Non risponde. Richiedo ambulanza e supporto medico. Possibile decesso."

Due minuti dopo, le sirene azzurre colorano l'asfalto.

Arriva l'ambulanza. L'autista è uno dei nostri.

Anche il medico legale è stato scelto con cura: uno stanco burocrate che non ha voglia di fare straordinari.

Due sguardi. Un cenno.

Controllo minimo.

Morte presunta per cause naturali, in attesa di conferme dall'autopsia.

Ordino che venga caricato subito sul mezzo.

Ma l'obitorio non vedrà mai quel corpo.

Nel tragitto, imbocchiamo una stradina secondaria.

Niente telecamere. Niente testimoni.

L'autista spegne i lampeggianti.

Solo il buio.

Apro il portellone.

Il sacco nero è lì.

Accanto, il sostituto.

Un cadavere preso qualche ora prima da un altro giro sporco.

Un uomo senza nome. Senza identità. Nessuno lo reclamerà.

Quindici secondi. Silenzio. Solo mani addestrate e cuori spenti.

Nessuno parla.

Nessuno deve ricordare.

Nel sacco, adesso, non c'è più Massimo Romano.

C'è solo un morto.

Vero.

Chiudo con cura.

Poi apro la seconda siringa.

La punta trafigge il braccio sotto la cicatrice.

Adrenalina. Naloxone. Vita.

Massimo si scuote.

Tossisce. Respira.

Apre gli occhi.

Occhi che, adesso, non guardano più indietro.

Gli passo la nuova identità, infilata in una busta.

"Dimentica chi sei stato. Nessun ritorno indietro."

Massimo non fa domande.

Non ringrazia. Annuisce.

Sa già tutto.

Da stanotte, la sua anima ha un nuovo proprietario. E il contratto è scritto con il sangue.

Fuori, Milano continua a dormire.

Ma sotto la sua superficie... qualcosa è appena rinato.

Capitolo 26

Il fantasma di Massimo

31 MARZO 2025 – ORE 09.05

"Quindi confermi: Massimo Romano è vivo. E Greco c'entra."

Annuisco. Non serve aggiungere altro.

Rinaldi capisce. Si siede, apre il taccuino consunto che si porta dietro da sempre. Le pagine sono fitte di calligrafia storta, nervosa. Un archivio vivente. Un reliquiario di ombre.

Chiara si avvicina. Il viso è illuminato dalla luce del portatile, gli occhi fissi sullo schermo.

"La mail anonima non era un caso. Ho analizzato insieme a mio fratello il file video: c'era un messaggio nascosto nel formato. Dati steganografici, incorporati nel flusso. Era un riferimento a un luogo. Ma per decifrarlo... serve una chiave."

"Che tipo di chiave?"

"Una parola. Ma non una qualsiasi. Una che appartiene a loro. Al passato."

Rinaldi sbuffa. Prende un foglio, lo piega a metà, poi lo riapre. Scrive qualcosa con la biro:

A11-81-R.

"È un codice interno. Anni Ottanta. Lo usavano pe' identificà i rifugi secondari. Quelli mai ufficiali, nascosti in bella vista."

Chiara digita. La mappa si apre come una ferita vecchia.

Un punto si illumina: ai margini della tangenziale, tra campi dimenticati e rovine.

Un cascinale abbandonato, intestato a una società fantasma chiusa vent'anni fa.

Il nome:

M.L. CONSULTING.

Massimo e Luca.

Sento un brivido corrermi sulla schiena.

Il passato sta bussando. E ha già la chiave.

***

31 MARZO 2025 – ORE 15.34

L'aria odora di umidità e legno marcio.

Le scarpe affondano nella polvere spessa, mentre spingiamo il portone di ferro. La ruggine stride, come se protestasse.

Dentro, è un teatro dismesso.

La luce filtra dalle finestre rotte. Ogni oggetto, ogni ombra, sembra messo lì per spiare.

Rinaldi si muove davanti a noi, un'ombra tra le ombre.

Punta la torcia su uno scaffale annerito dal tempo. Ci sono foto. Stampate. Appese con mollette da bucato.

Volti.

Volti di un'altra epoca. Alcuni li riconosco. Altri no.

Ma c'è una coerenza nella disposizione. Come se ogni immagine fosse parte di un puzzle.

Chiara rovista tra le foto sbiadite dal tempo.

Ne prende una, quasi spezzata in due.

Si vede un volto sfocato, giovane. Lo sguardo tagliente.

"Aspetta..." mormora.

Corre sul portatile, digita qualcosa.

"Eccolo" dice infine. "Ugo Cortesi. Alias Ubaldo Corsini. Archivio polizia, 2007. Collaboratore non ufficiale. Amico di Greco."

Le mani mi sudano.

Non è un caso che il suo volto fosse qui.

Corsini ha fatto parte di tutto questo. Da sempre.

Al centro, una foto più grande. Dominante. Come un altarino.

Mio padre.

La stessa usata anni fa in un articolo del *Corriere*.

Sotto, una scritta a mano: *"Ha tradito. Ma ha pagato."*

Mi avvicino lentamente. Una scatola di legno, aperta. Dentro, lettere. Una è per me. Il mio nome scritto a penna, con calligrafia decisa.

Non la apro.

Non ancora.

Chiara trova un registratore. Lo accende. Il nastro parte, la voce è roca, rallentata da un filtro.

Ma viva.

"Quando ascolterete questo messaggio, io sarò già avanti. Ogni passo che fate, ogni sguardo, ogni errore... vi porterà da me. E ricordate: il sangue ha memoria più lunga della legge."

Il nastro si interrompe con un click secco.

Come una lama che torna nel fodero.

Rinaldi si guarda intorno. "Non è solo un nascondiglio. È una dichiarazione d'intenti. Un manifesto."

Sento la rabbia salire, ma anche qualcosa di più sottile.

Paura? No. Rispetto.

Per un nemico che non gioca per vincere, ma per annientare.

***

31 MARZO 2025 – ORE 17.05

La linea gracchia una volta sola prima che risponda.

"Nove e sette. Tutto confermato."

Dall'altra parte, solo silenzio.

Poi una voce ruvida, tagliata in due come un coltello: "Visti?"

"Sì. Il profiler, la giornalista e quell'altro. Sono entrati. Hanno scavato bene."

Pausa.

Una breve risata bassa, come una scheggia di ghiaia.

"Non hanno capito nulla. Per ora."

La voce si fa più dura: "Controlli?"

"Fatti. Nessun altro intorno. Solo loro. E... stanno andando esattamente dove devono andare."

Ancora silenzio.

Poi un comando secco: "Tienili d'occhio. Nessuna interferenza fino al segnale."

"Sarà fatto."

Chiude la chiamata senza salutare.

Il rumore secco del telefono che si spegne resta a vibrare nell'aria.

Un cane abbaia in lontananza.

Poi, solo vento.

***

31 MARZO 2025 – ORE 19.15

Il sole è ormai basso.

L'asfalto sembra liquido. Il mutismo è spesso, ognuno perso nei propri pensieri.

Fino a quando il telefono squilla.

Greco.

Guardo Chiara. Sta stringendo la penna così forte da piegarla.

Rinaldi si limita a fissare un punto lontano, immobile.

"So che avete trovato qualcosa. Nulla di rilevante, spero."

Chiara mi lancia uno sguardo truce. Luca finge di dormire.

"Solo qualche foto. E una firma."

Pausa.

Un'inspirazione, poi: "Non metterti in pericolo, Marco. È gente pericolosa."

"Lo so."

Ma ora... sono io il pericolo.

Chiudo la chiamata.

Il tono di Greco non era lo stesso di sempre.

Troppo controllato.

Troppo teso.

Sa che il gioco gli sta sfuggendo.

E noi... non ci fermeremo.

Capitolo 27

L'ultima caccia

1° APRILE 2025 – ORE 07.15

Milano si sveglia sotto una pioggia fitta, gelida. Le gocce scivolano sui vetri come un fiume prossimo all'esondazione.

Il caffè sul tavolo è diventato freddo, amaro come la notte passata.

Sto in piedi da ore.

I pensieri non hanno concesso tregua. Ogni traccia, ogni frase di Massimo nelle lettere trovate, ogni sospiro di Greco durante l'ultima chiamata... tutto mi brucia nella testa.

E vorrei fosse un bel pesce d'Aprile. Ma, purtroppo, non è così.

Il telefono vibra. È Chiara.

"Ho trovato qualcosa." Dice sbadigliando.

Credo che il sonno non manchi solo a me.

"Vieni da me appena puoi. E porta il caffè. Doppio."

La sua voce è tesa. Nessun convenevole. Clic.

***

1° APRILE 2025 – ORE 08.50

Il suo appartamento è in silenzio, se non fosse per il ticchettio delle dita sul portatile.

Le tapparelle abbassate fanno filtrare appena il grigiore di questa giornata pesante.

Appena entro, mi fa cenno di sedermi.

"Stanotte ho decriptato parte dei metadati del video. Contenevano un riferimento incrociato a un vecchio indirizzo industriale. Lo conosci?"

Mi porge una stampa.

Riconosco il luogo: zona Nord-Est, a Cassina de' Pecchi.

Un capannone abbandonato, in disuso da più di dieci anni. Lì vicino, un altro nascondiglio fu usato da alcuni membri della vecchia Famiglia Romano.

Una delle cellule minori, quelle che seguivano ancora Massimo anche dopo la sua *morte.*

Chiara si alza, prende un'altra stampa da una busta.

Una foto recente, scattata con un cellulare.

Un'ombra in movimento vicino al capannone. Sagoma maschile, passo trascinato.

Dettagli vaghi, ma sufficienti.

"È lui" dice.

E io lo so già.

Dentro di me, l'ho sempre saputo.

Poi tira fuori un secondo foglio: è un'e-mail anonima, datata la notte precedente. Il messaggio è stringato, ma netto: *'Via Leonardo Da Vinci 15. Dopo il tramonto.'*

"È il punto d'accesso. Quello vero. Quello che Massimo vuole che troviamo. Ma stavolta... lo prenderemo."

Annuisco.

Il piano comincia a delinearsi.

***

Rinaldi ci aspetta già fuori, sotto la pioggia sottile.

Sigaretta accesa, giacca lunga e bagnata, aria da chi ha dormito poco.

Mi stringe la mano con forza.

"Questa volta, ci siamo. Ma stai attento. Questo tipo non gioca con le regole."

Il portone arrugginito cede con un gemito.

Dentro, l'aria è ferma, intrisa di polvere, fumo e un odore dolciastro che non mi piace.

Sa di morte.

In un angolo, una vecchia bicicletta arrugginita. Da bambino.

La guardo, e sento un nodo in gola.

Era la mia.

Ci muoviamo tra le ombre. Chiara apre una porta laterale.

È un piccolo spazio allestito: branda, una radio portatile, foto sparpagliate ovunque. Alcune sono ritagliate da giornali, altre sembrano recenti, stampate da una fotocamera digitale.

Volti noti. *Familiari*. È proprio il caso di dirlo.

Una di quelle foto, sbiadita, mi ferisce come una lama.

E d'un tratto, senza nemmeno volerlo, la memoria mi risucchia.

Una notte lontana. 1994.

Villa Ferrante.

Il cortile illuminato dal bagliore di un fuoco.

Mio padre, insieme ad altri tre uomini, intorno a una pietra incisa: un triangolo rovesciato, tagliato da una linea netta.

Il Simbolo.

Ricordo ancora la sua voce, roca, solenne:

"Chi lo porta, non comanda. Chi lo porta, custodisce. Protegge. Ma non si libera mai."

Ricordo la goccia di sangue che cade sulla pietra, la paura che mi serra il petto.

E il giuramento silenzioso che avevo fatto quella notte: non guardare più. Non chiedere mai.

Mi scrollo il ricordo di dosso come un vecchio cappotto fradicio.

Sono di nuovo qui.

Nel presente.

Con l'odore di muffa, ferro, e polvere che mi artiglia i polmoni.

Al centro della parete, un grande poster strappato: mio padre.

Sopra, scritto a mano con pennarello rosso: *'L'ultimo padre. L'ultima bugia.'*

Troviamo altre lettere, diari, registrazioni.

Massimo ha costruito un altare della vendetta.

Ogni oggetto ha un senso.

Ogni frase è un messaggio.

Alcuni nomi che pensavamo dimenticati riemergono. Ex membri della Famiglia. Un paio sono scomparsi da mesi.

"Questo è il suo piano" sussurra Chiara. "Non è solo una vendetta. È un'esecuzione lenta. Simbolica."

Rinaldi trova una mappa: Milano suddivisa in zone.

Evidenziati: Tribunale, Questura, il vecchio Istituto dei Martinitt, un ex magazzino della Penitenziaria.

"Vuole qualcosa. O qualcuno." dice. "E ha una strategia."

Poi si ferma. "Dobbiamo organizzare un'azione. Ma fuori dai radar. Se coinvolgiamo Greco... finisce tutto."

Annuisco.

E finiremmo anche noi.

"Ho già un'idea. Serviranno i tuoi contatti. Quelli vecchi."

Rinaldi sorride senza entusiasmo.

"Ce n'è uno. Fa ancora da ponte tra le zone grigie. Se qualcuno ha visto muoversi Massimo... lo sa."

***

1° APRILE 2025 – ORE 17.45

Greco ci accoglie con il sorriso più falso che abbia mai visto.

Il più falso degli ultimi mesi.

194

Dietro di lui, un paio di giovani agenti si voltano al nostro ingresso.

C'è anche De Angelis.

Ha uno sguardo spento. La tensione che è in lui si riflette sui muri trasandati della Questura.

Sembra quasi di vederla.

Greco riporta la mia attenzione su di lui.

"Avete fatto una scampagnata? Spero abbiate trovato qualcosa di utile."

Chiara gli porge una cartella.

Greco la sfoglia con calma, ma le sue pupille si dilatano sempre di più.

Alla quarta pagina, si ferma.

Deglutisce.

Si irrigidisce. Fu solo un attimo, un guizzo nella mascella. Ma l'ho notato.

De Angelis mi guarda come per cercare aiuto.

Credo abbia capito molte cose. Forse troppe.

Greco richiude la cartella con un gesto secco.

"Molto... interessante."

Non dice altro.

Ma il suo silenzio dice tutto.

***

1° APRILE 2025 – ORE 21.12

La città è nera fuori dalla finestra. Come il mio umore.

I rumori si sono fatti ovattati.

La cartellina con le prove è sul tavolo, aperta come una ferita.

Chiara è appena andata via. Ed un po' inizia a dispiacermi.

Ha lasciato la sua copia della mappa.

"Studiala" mi ha detto. "Trova il prossimo passo. Anticipiamo quel morto che cammina."

La osservo per l'ennesima volta.

Ogni tratto rosso è una minaccia sussurrata.

Un avvertimento inciso con rabbia.

Il fantasma non è più un'ombra.

È qui. È vicino.

E sta preparando l'ultimo atto.

Capitolo 28

La Tomba del Padre

2 APRILE 2025 – ORE 11.01

Milano non fa rumore, oggi.

Nemmeno il vento ha voglia di parlare.

Davanti alla chiesa, le persone sono disposte in piccoli gruppi, lontane tra loro. Come se nessuno volesse confessare davvero perché è venuto.

Antonio Ferrante era un nome scomodo. Un uomo scomodo.

Ora è solo legno e silenzio chiuso in una cassa che nessuno ha il coraggio di toccare.

Rinaldi fuma seduto sul muretto, il bavero alzato, la fronte che scivola tra le pieghe dell'età e della guerra che si è portato addosso.

Chiara è in piedi, accanto a me.

Trattiene qualcosa. Rabbia, forse. Tristezza, sicuramente.

Ma è l'unica che non abbassa lo sguardo.

Neanche davanti a quei volti che non vedevo da anni.

Vecchi colleghi. Uomini in borghese. Alcuni troppo puliti per sembrare innocui.

Gente che aveva smesso di farsi vedere da tempo.

Gente che una volta chiamava Antonio *il collega*, e poi lo hanno abbandonato.

Chi per paura. Chi per ordine. Chi perché serviva farlo sparire prima che parlasse troppo.

Chi per unirsi ad altre Famiglie.

Nessuno parla.

Ma gli occhi raccontano tantissimo.

E uno sguardo, certe volte, pesa più di una dichiarazione firmata.

Tra quei volti, uno mi inchioda.

Una donna.

Vestita di grigio, capelli raccolti in modo impeccabile.

Incrocia il mio sguardo per un attimo.

Troppo in là per riconoscerla. Troppo presente per ignorarla.

Non prega. Non piange.

Guarda la bara.

E sorride.

Appena.

Un'espressione fugace, ambigua.

Poi si volta, e scompare tra la folla.

Il feretro scivola tra le navate.

Chiara stringe i pugni.

Io resto immobile.

Rinaldi si toglie il cappello, ma non entra.

Dice solo: "Se questo è tutto quello che gli resta… almeno lo guardo da fuori. Come hanno fatto loro per anni."

Entro da solo.

***

2 APRILE 2025 – ORE 11.21

L'omelia è breve.

Distaccata.

Come se anche Dio non sapesse più da che parte stesse Antonio.

Il prete biascica parole che non ascolto.

"Uomo di famiglia… Spirito combattivo… Ha lasciato un segno…"

Già. Un segno.

Guardo la bara. Legno chiaro. Troppo chiaro.

In questa chiesa settecentesca, fa sembrare mio padre più piccolo di quanto ricordassi.

Forse perché non è lui, quello che sta lì dentro.

Ma quello che è rimasto di lui, dopo che gli hanno tolto tutto.

Un uomo.

Un padre.

Un colpevole, forse.

Ma anche una diga che ha provato a fermare il fiume.

Le panche sono piene, ma nessuno è davvero lì.

Eppure, li sento.

Come lame nel fianco.

Li riconosco.

Uomini con mani troppo lisce e sguardi troppo affilati.

Greco non è qui, ovviamente. Ma c'è la sua assenza. Troppo marcata per non essere intenzionale.

Poi accade qualcosa.

Un uomo si stacca dal fondo della navata.

Cammina lento.

Vecchio trench, cappello calcato sul viso.

Si avvicina alla bara.

Apre il palmo.

Lascia cadere qualcosa sulla superficie del legno.

Un oggetto piccolo. Metallico.

Troppo rapido per vederlo bene.

Forse una medaglietta. O una capsula.

Un gesto che non è addio.

È memoria.

O minaccia.

Poi l'uomo si gira.

Esce.

E svanisce.

Come se non fosse mai esistito.

Chiara si siede al mio fianco, senza parlare.

Rinaldi resta fuori.

E io penso a tutto quello che non ci siamo detti.

A quel giorno al carcere.

Al filo di voce che gli è rimasto per pronunciare quella frase.

All'ultima volta che mi ha guardato.

Come se fosse già morto.

E io... non gli ho teso la mano.

Forse non potevo.

Forse non volevo.

***

2 APRILE 2025 – ORE 12.14

Il marmo è freddo anche d'estate.

Figuriamoci oggi.

Il cimitero è uno di quelli piccoli, di provincia.

Silenzioso, scrostato.

Perfetto per seppellire chi ha vissuto troppo al centro del rumore.

La cerimonia è finita.

La bara scompare sotto la terra.

Ma il Marchio resta in superficie.

Il freddo di aprile morde come fosse gennaio.

Le persone vanno via alla spicciolata.

Un uomo mi sfiora con la spalla.

Troppo vicino per essere casuale.

Troppo veloce per coglierlo in volto.

Mi infila un biglietto nella tasca.

Non lo apro subito.

Aspetto che si allontani.

Aspetto che anche l'ultima macchina lasci il vialetto del cimitero.

Poi lo guardo.

Un triangolo rovesciato, inciso con tratti decisi.

Sotto, una parola scritta a lettere larghe, spigolose: *Traditori.*

Chiara guarda il foglietto.

Non dice nulla.

Poi lo strappa, lo lascia cadere a terra.

"I vermi si muovono anche quando credi di averli seppelliti."

Rinaldi si avvicina.

Ha ascoltato. Sempre.

"È solo l'inizio" dice. "Ferrante è stato l'ultimo a difende quarcosa.

Mo' tocca a noi decide se lasciarci sotterrare... o scavà più a fondo."

Mi stringo nel cappotto.

Le mani fredde.

Gli occhi puntati sulla terra ancora fresca.

Addio, papà.

Che tu sia stato colpevole o meno...

Ora sei solo silenzio.

E il silenzio... non mente.

Solo chi lo manipola.

Capitolo 29

La Chiave dal Passato

2 APRILE 2025 – ORE 22.12

La pioggia batte sui vetri, insistente.

Milano, oltre la finestra, è un acquario di cemento e silenzi.

Strade deserte, lampioni fulminati. Un velo d'ombre.

Sono seduto al tavolo, la mappa stesa davanti a me come una ferita aperta.

Segni rossi, linee tracciate in fretta, macchie che sembrano sangue rappreso.

Chiara è collegata in videochiamata.

Rinaldi anche.

Tre volti stanchi. Tre vite appese a un filo.

"Ci sono troppi punti ciechi" sussurra Chiara.

"Non possiamo inseguire ombre" aggiunge Rinaldi, il tono più rauco del solito.

Annuisco.

Ma so che restare fermi è peggio.

La paura ti divora quando smetti di muoverti.

Un rumore secco.

Sobbalzo.

Il citofono.

Mi irrigidisco.

Chiara e Rinaldi scattano verso lo schermo.

Come se potessero attraversarlo.

Alzo la cornetta.

La voce che arriva è distorta, impastata di elettricità e pioggia.

"Posta per te. Non aspettare."

Poi il nulla.

Rimango immobile per un secondo che pare infinito.

Apro di scatto la porta.

Scendo dannatamente rapido le scale.

Ancora spero di trovarlo.

Niente. La strada è vuota.

Solo la pioggia.

E una piccola valigia nera, appoggiata contro il muro, come un animale ferito.

Mi guardo intorno.

Nessuno.

La raccolgo.

È pesante.

Il lucchetto è stato forzato.

Chi l'ha lasciata voleva che la aprissi.

Subito.

Rientro.

Chiudo la porta a chiave.

Serro le imposte.

Chiara mi guarda dallo schermo, stringendo la tazza di caffè.

Rinaldi accende una sigaretta con mani che non riesce più a tenere ferme.

Apro la valigia.

Anche se non vorrei sapere cosa c'è dentro.

Vorrei solo sparire.

E ricomparire su una spiaggia deserta.

Ed invece... Guardo il contenuto di questa *consegna express.*

Una Polaroid. Una figura maschile, spalle larghe, passo zoppicante, entra in un edificio decrepito.

Una chiave antica, ferro annerito, i denti scheggiati.

Il passato in forma di metallo e immagini sfocate.

Una mappa di Mariano Comense, sgualcita e macchiata di muffa, con un cerchio rosso in una stradina di campagna.

Un biglietto scritto a mano.

Credo che il cuore non funzioni più.

'Era la casa di Famiglia.

Il passato non si seppellisce.

Si affronta.'

Rinaldi tira un pugno leggero contro il tavolo.

"È 'n invito, Marco. O 'na trappola."

Chiara non dice nulla.

Sbatte solo le palpebre, lente, come se stesse leggendo qualcosa di invisibile davanti a sé.

Guardo la chiave.

La sento fredda anche senza toccarla.

Un peso.

Un obbligo.

Ed anche... Il Simbolo.

Infilo la chiave nella tasca interna della giacca.

Sento il metallo premere contro il cuore.

Guardo Chiara.

Guardo Rinaldi.

E poi dentro.

Lì trovo mio padre. E Leo.

Poi la paura che, più di tutti, ha deciso chi sono diventato.

E alla scelta che devo compiere ora.

Posso ancora tirarmi indietro.

Posso chiudere la valigetta e dimenticare.

Lasciare che il passato sprofondi nel silenzio.

Ma so che non succederà.

Perché il passato non dimentica.

E nemmeno io.

"Sarà quella la tana" dico piano.

"È lì che probabilmente tutto è iniziato. E sempre lì, finirà."

Chiara annuisce.

Rinaldi butta via la sigaretta.

Mi infilo la giacca.

Ricarico la pistola.

Controllo la chiave un'ultima volta.

Chiudo il portatile.

Mi fisso nello specchio sporco dell'ingresso.

Gli occhi che mi guardano non sono quelli di un eroe.

Sono quelli di un uomo che ha sbagliato, che ha avuto paura, che ha perso troppo.

Eppure...

C'è ancora qualcosa lì dentro.

Una scintilla testarda.

Non so se è rabbia, coraggio o disperazione.

Ma è abbastanza per farmi aprire la porta.

Esco.

La pioggia mi investe come un vecchio nemico.

Ogni passo risuona vuoto nella notte.

Cammino.

Verso la fine.

Verso l'inizio.

Verso quello che non so se tornerà mai indietro.

Non porto nulla con me, se non la memoria.

E il peso della verità.

Capitolo 30

La Casa dei Tradimenti

La pioggia è diventata una cortina densa.

Il rumore sul parabrezza è un tamburo funebre che accompagna ogni chilometro.

La chiave in tasca mi brucia la pelle, come se volesse trascinarmi.

Ogni passo verso il luogo segnato sulla mappa è più pesante.

Parcheggio in un piazzale dimenticato da Dio.

Il cuore batte troppo piano per la paura, troppo forte per la rabbia.

Il vento mi sferza la faccia.

Istintivamente, porto una mano alla tempia.

Sento la pelle più dura, la linea della cicatrice sotto le dita.

Un promemoria inciso nella carne.

Un marchio che non mi lascerà mai.

Eppure, cammino.

Perché non posso più tornare indietro.

Perché ogni segreto ha chiesto il suo prezzo, ed io l'ho già pagato tutto.

Chiara e Rinaldi mi raggiungono nel punto concordato.

Non servono parole.

Tre ombre nella notte.

Tre debiti mai estinti.

Tre motivi diversi per essere qui, eppure una sola strada da percorrere.

Saliamo nell'auto di Luca.

Accende il motore.

Nessun faro acceso.

Nessun suono.

Solo i nostri pensieri, che battono più forte della pioggia.

***

3 APRILE 2025 – ORE 00.58

Mariano Comense ci accoglie con il suo odore di fango e di ruggine.

Un paese sospeso. Dormiente.

O, forse, solo rassegnato.

La villa è una carcassa annerita.

Un monumento abbandonato ai fantasmi di chi ha giurato fedeltà a qualcosa che ora non esiste più.

È lì, che ci aspetta.

Come una bocca aperta nel buio.

Scendiamo.

I piedi affondano nel terreno molle.

Ogni passo è una bestemmia al destino.

Ogni sguardo, un addio che non si osa pronunciare.

Un fruscio improvviso ci blocca a metà del sentiero.

Rinaldi alza una mano, tendendo l'orecchio.

"Cazzo... hai sentito?" sussurra.

Annuisco, trattenendo il fiato.

Passi rapidi. Poi il nulla.

Solo il vento.

E la pioggia che riprende ad abbattersi sui nostri giubbotti.

Luca gira la testa verso il buio.

Poi sbuffa tra i denti, amaro

"O sto invecchiando... o sto ricominciando a sentire troppo bene..."

Nessuno ride.

Perché tutti sappiamo che l'istinto, quando torna a pulsare così, è un brutto presagio.

La tensione ci cammina addosso come un animale ostinato.

"Magari 'na nutria... o magari no" mormora.

Chiara stringe la tracolla.

Non ha paura. Ma ha qualcosa che le scava dentro.

Una ferita che non si rimargina mai del tutto.

Forse il bisogno di vedere un volto. O quello di chiudere una storia che l'ha spinta troppo oltre.

Rinaldi guarda verso l'ingresso della villa, semiaperto.

Un battito, un respiro, poi un cenno.

E riprendiamo a camminare.

Nessuno parla. Le parole sono finite.

La porta ci aspetta.

E io lo sento: oltre quella soglia, nulla sarà più come prima.

***

3 APRILE 2025 – ORE 00.44

Il fango si incolla ovunque.

Sporca i jeans, infila dita fredde sotto la giacca.

Non importa.

Sono qui da ore.

A strisciare come un cane bastardo.

A respirare il puzzo della campagna marcia.

Li vedo.

Tre fantocci che vanno verso il loro infido destino.

Il profiler. La giornalaia. Il rimasuglio d'ispettore.

Sorrido sotto la sciarpa lurida.

Si credono furbi.

Ma io li sto fiutando da prima che uscissero dal ventre *de' mammà loro*.

Sfioro il calcio della pistola.

Un soffio tra i rovi.

Rinaldi gira la testa di scatto.

I suoi occhi fendono il buio.

Bravo stronzo...

Ma non abbastanza.

Li lascio andare.

Finalmente dentro li aspetta Massimo.

E il fato che gli abbiamo cucito addosso.

Mi muovo come un'ombra lungo il perimetro della villa.

Il telefono criptato vibra nella tasca interna.

Tre squilli.

Non devo nemmeno controllare.

Richiamo.

"Parla."

La voce di Greco è bassa, tagliente come lamiera arrugginita.

"Sono dentro. I tre sono arrivati. Carichi. Nervosi. Non hanno visto nessuno... o almeno così credono."

Trattengo una risata.

Massimo sta lì, come da programma.

Greco tace un attimo, poi ordina:

"Lascia fare. Nessuna interferenza. Ripuliremo dopo."

"Ricevuto. E sì, Rinaldi ha fiutato qualcosa. Gli rode il culo, ma fa finta di niente. Per ora."

Una pausa.

Poi Roberto mormora:

"Non ti preoccupare di Rinaldi. Preoccupati che Romano resti vivo abbastanza per firmare la fine, Ubà."

"Roger, Commissario."

Chiudo la chiamata.

Metto via il telefono.

Guardo la villa diroccata che cigola nel vento, le ombre che si agitano dentro.

Il cuore mi batte come un tamburo vecchio.

Sistemo la pistola tra i jeans zuppi e la pelle.

Sento il ferro freddo contro la schiena.

Un pensiero mi attraversa.

Un lampo.

"Se le cose vanno male... stavolta mi sporco davvero."

Mi accuccio nell'oscurità.

Aspetto.

Pronto a intervenire.

Pronto a uccidere.

Il Marchio non perdona.

Io nemmeno.

Capitolo 31

Il Marchio nell'Anima

Rinaldi si è appostato sul retro. È dubbioso.

E incazzato.

Invece Chiara è con me. Ha voluto esserci.

Ha detto: "Finché non lo vedrò cadere, non dormirò."

La villa è la più vecchia della zona, una costruzione storta e malmessa, nascosta tra gli alberi.

C'erano leggende su questo posto, ai tempi delle vecchie Famiglie.

Dicono che qui si tenessero i veri giuramenti.

Quelli non scritti.

Ci muoviamo in silenzio, ma dentro di me tutto urla.

Ogni passo verso questa villa è un colpo che scava.

Sento il battito accelerare. Ma non è solo paura.

È qualcosa di più sottile. Più antico.

Come se fossi già stato qui.

Come se questo posto... mi aspettasse.

Penso a Leo. Al modo in cui gridava nella sua tranquillità effimera.

A mio padre, che ha costruito muri per difendermi, e ha finito per intrappolarmi.

A ogni bugia che mi ha cucito addosso come una seconda pelle.

E a me. Che forse, in fondo, non ho mai avuto il coraggio di strapparmela via.

Penso a Greco.

Se sta per tradirci, questo è il momento.

Entro.

Massimo sa che stiamo arrivando.

Ha voluto che lo trovassimo.

Dentro, l'atmosfera è irreale.

Nessuna voce. Nessun rumore.

Per un istante, l'idea mi attraversa come un sussurro:

"Forse siamo arrivati tardi... Se n'è già andato..."

Ma un secondo dopo, il rumore secco di un passo nell'ombra cancella ogni illusione.

La luce è fioca, data da alcune candele sparse.

L'odore è familiare: umido, legna vecchia, metallo.

Massimo è lì.

In piedi. Solo.

Il bastone trema, ma lui no.

Negli occhi, quel fuoco che conosco bene.

Non so se è vendetta o sopravvivenza. So solo che brucia.

"Ciao, Marco" dice.

Chiara è dietro di me.

Appoggia una mano sul mio fianco, sottile, ferma.

"Sei arrivato. Sapevo che ci saresti riuscito."

"Perché?" è l'unica parola che mi esce.

Massimo sorride. Fa due passi.

Ogni passo pesa come anni. Poi si ferma accanto a un tavolo.

Sopra, le prove che abbiamo raccolto noi.

Le ha già.

"Perché loro hanno ucciso mio fratello. Perché tuo padre ha distrutto ciò che restava della mia famiglia. Perché Greco ha firmato il patto con me. E tu... tu sei l'unico ancora non corrotto. L'unico che può distruggere tutto."

Mi avvicino.

La mano tesa. Ho la pistola. Non so nemmeno quando l'ho presa.

Ma non la punto.

"Greco ha orchestrato tutto. Ha usato mio padre. Ha usato me. Sta ancora usando tutti noi."

Massimo ride.

Un suono secco, amaro.

"Greco? Lui è solo l'ultimo degli sciacalli. Io sono il lupo. E tu... tu sei sangue del mio sangue. Figlio del Marchio. Guarda."

Si solleva la camicia.

Sotto, sul costato, un tatuaggio: un triangolo rovesciato, tagliato da una linea.

"Lo portava tuo padre. Lo portava il mio. Ora lo porto io."

Il Simbolo.

"Non puoi sfuggirgli, Marco. Ce l'hai sotto la pelle da prima ancora di nascere. Il Marchio non si eredita. Il Marchio si incide nell'anima. Non puoi cancellarlo. Non puoi rinnegarlo. E tu lo hai dentro. Lo vedo nei tuoi occhi."

Le sue parole pungono come spine.

Vorrei credergli.

Sarebbe facile.

Dare colpa al sangue, e smettere di combattere.

Ma Chiara è lì.

Non dice niente, ma lo sguardo è una corda tesa.

E mi tiene agganciato alla realtà.

Alla parte di me che ha scelto di non diventare un mostro.

Una fiammata d'odio gli divampa negli occhi.

"Siamo pezzi dello stesso coltello. Non puoi salvarti. Nemmeno volendo. Dovresti..."

Il cuore si schianta contro le costole.

Un istante.

Un respiro trattenuto.

Un colpo secco.

Una figura sulla soglia.

Rinaldi.

"Fermete stronzo!"

Massimo scatta verso di lui, alza una pistola nascosta nel bastone.

Reagisco prima che il cervello capisca.

Il mio dito stringe il grilletto.

Il corpo agisce per istinto.

Il rumore dello sparo è un pugno nei timpani.

Uno. Poi un altro.

Le pallottole sibilano nell'aria umida.

Una spacca un mattone sopra la testa di Rinaldi.

Massimo bestemmia a denti stretti. "Maledetta artrite".

Cade a terra.

Non è morto. Ma finito.

Rinaldi gli strappa l'arma.

Chiara si avvicina. Guarda Massimo.

Lo fotografa.

Una prova.

La prova.

Scatta la foto, precisa. Fredda.

Luca si assicura che Massimo non si muova più.

Io rimango lì, immobile.

Un brivido lento mi percorre la schiena.

Non è solo l'umidità.

È qualcos'altro.

Sento il peso del tatuaggio che Massimo ha mostrato.

Sento il peso del suo sguardo, della sua voce.

"Non puoi cancellarlo. Non puoi rinnegarlo."

Le sue parole mi martellano nella testa.

Come chiodi.

Mi tocco la tempia, quasi a voler strappare via qualcosa che non c'è.

Ma che forse, sotto la pelle, sotto le ossa, c'è sempre stato.

E se avesse ragione?

E se il Marchio fosse davvero inciso dentro di me, da prima ancora di capire chi sono?

E se non potessi salvarmi?

Chiara mi richiama alla realtà.

"Marco. Muoviamoci."

La sua voce mi tira via dal bordo.

Stringo i pugni fino a sentire le nocche scoppiare.

No.

Non sono come lui.

Non sarò mai come lui.

Anche se, per un istante, ne ho avuto paura.

Respiro.

E rientro nella mia pelle.

Quella vera.

Quella che mi sono costruito pezzo per pezzo.

Non quella che qualcun altro ha inciso a forza.

Vado avanti.

Non per il sangue.

Non per il Marchio.

Ma per me.

Capitolo 32

Le Ombre della Notte

Massimo è steso a terra.

Respira a fatica. Ma respira.

E questo, per adesso, è tutto quello che ci serve.

Chiara ripone il telefono dopo aver scattato altre foto.

Documenta ogni dettaglio: il bastone, la pistola nascosta, il simbolo inciso sulla pelle.

Nessun margine d'errore. Nessuna possibilità di ritrattare.

Rinaldi controlla le stanze adiacenti.

"Pulito. E silenzioso. Strano… me pare troppo facile. Troppo costruito."

Il suo sguardo non è tranquillo. Nemmeno il mio.

Resto piegato su me stesso, le mani sulle ginocchia, il respiro che gratta nei polmoni.

Poi mi costringo a rialzarmi.

Non ora. Non qui.

Prendo il telefono.

Scrivo. Non chiamo.

'Abbiamo Romano. Non avvisare nessuno. Discrezione.'

Invio.

Passano pochi secondi.

Risposta: *'Tranquillo. Nessuno lo saprà. Aspettami.'*

De Angelis.

Alzo lo sguardo.

La villa scricchiola sotto il peso della pioggia che si fa vento.

Chiara si avvicina. I suoi occhi sono due tagli di ossidiana.

"Non fidarti di nessuno da adesso. Nemmeno di quello che vediamo."

Non è un consiglio. È una sentenza.

Annuisco.

Rinaldi torna con un vecchio plaid raccattato in un angolo.

Copre Massimo, che geme. Frasi indistinte, mezze parole, pezzi di sé.

"E mo'?" chiede piano.

Lo guardo. Guardo Chiara. Guardo la porta aperta sul buio.

"Adesso... aspettiamo De Angelis."

Pausa.

"E poi, andiamo a chiudere i conti."

La mia voce è ferma, ma dentro sento tremare qualcosa.

Alzo la testa e vedo il mattone sbriciolato.

Rinaldi dovrebbe ringraziare il principio d'artrite.

Ci è andata bene. O male. A seconda di come la guardi.

Fuma in silenzio.

Ha lo stesso volto che deve aver avuto vent'anni fa.

Come se fosse tornato da un tempo che si era lasciato alle spalle.

E invece era solo lì, nascosto.

Il vento si alza.

Il buio diventa più denso.

La pioggia si ferma, ma non l'attesa.

L'aria sembra più leggera. Ma è solo illusione.

***

3 APRILE 2025 – ORE 02.45

Il cielo si è ripulito. Ma la villa resta una carcassa vuota, inchiodata al suo passato.

Mariano Comense dorme.

Noi, no.

I fari compaiono come tagli nel buio.

Una civetta nera della polizia si infila lenta nel cortile. Senza lampeggianti.

Dietro, un'ambulanza. Anche lei senza urgenza.

Solo tensione. Pura. Cruda.

Chiara stringe forte il mio braccio.

Rinaldi mormora: "Tieni d'occhio tutto. Pure chi sembra venuto a salvarti."

Ha ragione.

De Angelis scende per primo.

Due agenti in borghese gli stanno dietro.

Occhi rapidi, nessuna parola.

Solo un messaggio silenzioso: *"State muti. State vivi."*

Si inginocchia accanto a Massimo. Controlla il battito.

Annuisce.

L'ambulanza si ferma.

Dal retro scendono due paramedici.

Camici sgualciti. Movimenti troppo rapidi. Troppo sicuri.

Li osservo.

Il più anziano si piega.

Il polsino si solleva.

Un tatuaggio.

Un serpente attorcigliato a una croce.

Non è un simbolo medico.

È un segno. Di quelli che non dovrebbero esserci.

L'altro ha mani troppo ferme per tremare.

Occhi troppo lucidi per essere spaesati.

Sono medici. Ma non solo. O forse non lo sono affatto.

Chiara incrocia il mio sguardo.

Sussurra senza muovere le labbra:

Non sono dei nostri.

E il gelo mi entra nelle ossa.

Sento la pistola sotto il giubbotto.

Un pensiero si insinua, tagliente: *Se succede qualcosa, si muore qui.*

De Angelis capisce.

Mi guarda. Un cenno.

Lascia stare. Ci penso io.

I due sistemano Massimo sulla barella. Lo caricano sull'ambulanza.

Il portellone si chiude.

Un clangore secco. Come un colpo in una bara aperta.

Poi il motore. Nessun lampeggiante. Nessun suono.

Solo il buio che inghiotte tutto.

Chiara mi stringe il braccio.

"Non è finita" dice.

E stavolta lo sento davvero.

Non è un modo di dire.

Il vento porta l'odore della terra bagnata.

E la certezza che la notte non ha ancora mollato la presa.

"Allora prepariamoci al prossimo atto."

***

3 APRILE 2025 – ORE 02.58

Restiamo immobili.

La pioggia è tornata in veli sottili.

Solo il rumore distante del motore che si allontana.

Nessuno parla.

De Angelis si stringe nel giubbotto

Un'ultima occhiata verso il cancello. Poi si avvicina.

"La strada è aperta. Ma non è sicura. Voi... fate quello che dovete fare."

La sua voce è un filo d'acciaio.

Un patto tra chi sa di essere nel mirino.

Annuisco.

Chiara trema e cerca di scaldarsi.

Rinaldi pesta il fango con forza.

Sembra volerlo schiacciare.

Come a dire che tutto questo non si ripeterà.

È ora.

Greco.

Il nodo che torna, che aspetta, che brucia.

Stringo i pugni. Le nocche urlano.

"Siete pronti?"

La voce è la mia. Ma viene da lontano.

Chiara annuisce.

Luca sputa per terra.

Il suo modo di dire *'Sempre'*.

Torniamo verso la macchina.

La villa si fa più piccola alle nostre spalle.

Sento addosso degli occhi.

Ma ci siamo solo noi.

Davanti, solo la strada.

Il debito da riscuotere.

E stavolta...

Non accetteremo monete false.

Capitolo 33

Macchie indelebili

La luce di Milano filtra sporca tra i vetri della Questura.

Non c'è odore di pioggia oggi. Solo di muffa, carta bagnata e caffè scadente.

Rinaldi fuma vicino alla finestra.

Chiara è seduta davanti al portatile, le mani inquiete che stanno devastando i tasti.

Io scorro i fascicoli.

Uno dopo l'altro.

E mi rendo conto che qualcosa non torna.

Massimo è nelle mani giuste — o almeno, così ci raccontano.

Eppure... il vuoto che sento dentro non è quello della vittoria.

È quello di un gioco più grande, che ancora si muove nell'ombra.

De Angelis ci raggiunge.

Occhiaie profonde, camicia sgualcita.

Sbatte un fascicolo sul tavolo.

Sottile. Troppo sottile.

"Qui c'è qualcosa che non quadra" mormora.

"File. Rapporti. Interrogatori. Qualcuno sta cancellando ogni traccia."

Chiara solleva lo sguardo.

"Greco."

Il nome resta sospeso nell'aria.

Un veleno senza antidoto.

De Angelis annuisce, ma senza troppa speranza.

"Se è davvero lui... sta coprendo le sue tracce da settimane."

Il telefono di Rinaldi vibra.

Un messaggio. Un contatto vecchio. Uno che non si firma mai.

Legge. Impallidisce appena. Poi borbotta:

"Ce l'avevamo sotto al naso."

***

5 APRILE 2025 – ORE 12.47

Un vecchio ambulatorio clandestino, in una traversa dimenticata vicino al Naviglio.

Il medico che ci apre ha le mani tremanti e gli occhi svuotati.

"Non sono più quello di una volta" dice subito, mostrando le cicatrici alle braccia.

Ma la lingua, quella, è ancora viva.

L'aria è pesante. C'è puzza di disinfettante scaduto.

Di sangue.

E di paura.

"È venuto qualche giorno fa. Mi ha pagato bene. Voleva... cancellare."

"Cosa?" chiedo, anche se già lo immagino. Il passato.

Il vecchio si piega, rovista dentro uno scatolone e ne tira fuori una polaroid.

La getta sul tavolo come un'arma.

La schiena nuda di Greco.

Un tatuaggio.

Un serpente che si attorciglia a una croce spezzata.

Bruciato.

Corroso.

Rimosso.

"Se l'è fatto levare. Disse che non voleva lasciare nulla. Neanche il sangue sotto le unghie."

Chiara si volta di lato.

Rinaldi stringe i pugni.

Io rimango a fissare quella foto.

"E poi..."

Si guarda intorno con gli occhi persi.

Gli occhi di chi sa.

Ma vorrebbe dimenticare.

"Ha preso dei documenti."

"Che tipo di documenti?"

Il medico si stringe nelle spalle.

"Falsi. Vecchie identità riciclate. Passaporti, patenti, tesserini di sicurezza. Roba da dilettanti, ma abbastanza per sparire se sai come farlo."

Chiara sussurra:

"Sta preparando la fuga."

Il vecchio annuisce, masticando aria.

"Ha pagato anche per il silenzio."

Rinaldi ride senza gioia.

"Te sei già scordato de' 'sto silenzio, amico."

Il medico solleva le mani.

"Non l'ho fatto per voi. L'ho fatto per me. Quando uno come lui vuole sparire... è meglio che tu lo aiuti."

Usciamo senza dire altro.

La città ci inghiotte di nuovo nei suoi polmoni marci.

Greco non è ancora scomparso.

Ma il serpente ha già iniziato a mutare pelle.

E se vogliamo prenderlo, stavolta...

dobbiamo tagliare la testa, non la coda.

Capitolo 34

Polvere e Ombre

10 APRILE 2025 – ORE 20.10

Milano scivola sotto la pioggia come un animale stanco.

Le strade brillano di riflessi spezzati.

Le finestre sono bocche chiuse.

Resto fermo sotto il porticato di Corso Venezia, osservando la città ingoiare la notte.

241

Il telefono vibra nel taschino.

Un altro messaggio criptico, un'altra informazione monca.

Niente Greco.

Solo polvere.

Solo ombre.

Rinaldi è appoggiato alla macchina, gli occhi stretti contro il vento umido.

Chiara arriva trafelata, il cappuccio abbassato sugli occhi.

"Ancora niente?"

Scuoto la testa.

Sappiamo tutti cosa sta succedendo.

Greco si sta dissolvendo.

Non davanti ai nostri occhi, ma tra le pieghe di tutto ciò che non possiamo più toccare.

Una rete di omissioni.

Fascicoli che si chiudono.

Prove che evaporano.

Vecchi colleghi che improvvisamente *non ricordano* più nulla.

Telefonate che cadono nel vuoto.

Corridoi che si svuotano al nostro passaggio.

Ogni giorno che passa, diventa meno raggiungibile.

Meno condannabile.

Più... leggenda.

E noi?

Siamo rimasti qui, a respirare il fumo dei suoi fuochi spenti.

Chiara tira fuori una busta marrone, logora.

Dentro, nuovi fascicoli.

Vecchi casi.

Indizi.

Uno riporta un nome: '*Colombo M. – 1998.*'

Un filo da seguire.

Forse.

Stringo la busta tra le mani.

La carta è ruvida.

Il peso è quello di una verità che nessuno vuole più sentire.

Rinaldi tira fuori una bottiglia mezza vuota da sotto la giacca.

Se la passa sulle labbra, poi me la offre.

Rifiuto con un gesto stanco.

"Aò... Se fa *puff*..." dice Rinaldi, "è finita."

"Non ancora" ribatte Chiara.

"La città sa. Qualcuno parla. Basta trovare chi."

Guardo il cielo.

Un lampo lontano squarcia il buio.

Per un attimo Milano sembra una carcassa viva.

E sento che siamo ancora in tempo.

Ma poco.

Respiro.

Chiudo gli occhi.

Quando li riapro, so che il tempo dei dubbi è finito.

Sta per cominciare quello della resa dei conti.

Capitolo 35

Fili spezzati

12 APRILE 2025 – ORE 23.17

Milano, nella notte, è un ghigno rotto.

Ogni passo risuona nei vicoli bagnati come una minaccia trattenuta.

Siamo fermi in una macchina scassata, Rinaldi al volante, Chiara accanto a me.

Aspettiamo.

Sempre aspettare, da quando Greco è sparito.

Il telefono vibra sul cruscotto.

Una notifica.

Un indirizzo.

Rinaldi spegne la sigaretta sul finestrino incrinato e ingrana la marcia.

***

12 APRILE 2025 – ORE 23.52

Lo troviamo in un bar di periferia.

Un locale che puzza di birra rancida e rimpianti.

L'informatore di Rinaldi è un'ombra: baffi gialli di nicotina, occhi spenti.

Si chiama Mino. O almeno così si fa chiamare.

Parla veloce, come se ogni parola fosse un chiodo da sputare.

"Greco? Ha mollato tutto, fratelli. Casa svuotata in due notti. Spariti conti, telefoni, carte. Manco er caffè ha lasciato."

Chiara incrocia le braccia.

Diffidente.

"E adesso?"

Mino si guarda attorno, poi abbassa la voce:

246

"Qualcuno dice che si è rivolto a *'quelli della Croce'*. Quelli col serpente."

Ci guardiamo.

Un lampo gelido passa tra me e Chiara.

Rinaldi tira su col naso.

"Che cazzo vor dì?"

Mino scrolla le spalle.

"Una vecchia rete. Roba sporca. Ex agenti, medici deviati, chirurghi che cancellano identità... capite?"

Lo capiamo fin troppo bene.

Gli allungo una banconota stropicciata.

Mino la prende senza nemmeno guardarmi in faccia.

Poi sparisce di nuovo tra i fumi e le ombre.

***

13 APRILE 2025 – ORE 01.03

Siamo di nuovo in macchina.

La pioggia riprende a martoriare il parabrezza.

"Il serpente sulla croce..." mormora Chiara.

"Come il tatuaggio di quel paramedico."

Annuisco.

Greco sta cancellando tutto.

Sta cancellando sé stesso.

Perfino il simbolo che lo legava alla sua *seconda* vita.

Rinaldi batte i palmi sul volante.

"Se riesce... diventa un fantasma. Più de quello che già era."

Il silenzio ci cade addosso come cemento fresco.

Guardo fuori.

Le strade di Milano sembrano lingue nere che si perdono nell'ignoto.

E so che se vogliamo fermarlo, dobbiamo muoverci prima che sia troppo tardi.

Molto prima.

***

14 APRILE 2025 – ORE 11.45

Arriva una mail.

Senza mittente.

Nessun oggetto.

Solo un allegato: una foto.

Sgranata.

Sporca di pioggia e pixel.

Ritrae un uomo che sale su un treno.

Testa bassa, spalle curve.

Un soprabito scuro.

Un'ombra tra le ombre.

Greco.

Chiara mi guarda.

"Non inseguirlo ora."

La sua voce è un filo teso.

"Non è il momento. Prima dobbiamo chiudere quello che resta aperto."

Stringo il telefono fino a far scricchiolare la plastica.

"Ma non sparirà per sempre" dico.

Chiara sospira.

"No. Chi porta certi segni... non può davvero sparire. Non se si è marchiato con la croce sbagliata."

E io lo so.

Lo sento sotto pelle.

Greco non è scappato.

Non ancora.

È solo scomparso abbastanza per far credere di averlo fatto.

E noi?

Siamo il filo che non ha spezzato.

Ancora.

Capitolo 36

La Fuga del Serpente

15 APRILE 2025 – ORE 21.46

Non si torna mai indietro.

Questa è la prima regola.

Il portabagagli chiuso con una corda spezzata.

Una borsa leggera: contanti, documenti falsi, un cambio di vestiti.

Niente cellulare. Niente ricordi.

Guido senza fari accesi per un tratto.

La strada verso il confine sembra respirare col motore, ansimare piano sotto le ruote.

A ogni chilometro lasciato alle spalle, una parte di me si stacca.

Non provo sollievo.

Non provo paura.

Solo... necessità.

Sotto la giacca, sento la medicazione stringere la pelle viva.

Serro il volante.

Il serpente non c'è più.

Non c'è più niente.

Se non un tarlo nella testa.

Il ronzio dell'attrezzo chirurgico vibra ancora nelle orecchie.

Mani esperte, mani che non fanno domande.

Una clinica che non esiste.

Una stanza senza finestre.

Un dolore sordo che mi graffia da dentro.

Il simbolo...

Il serpente attorcigliato alla croce...

Cancellato.

Non coperto.

Non camuffato.

Strappato via, fibra dopo fibra.

La carne guarisce.

L'anima no.

Quando mi rivesto, il sangue filtra ancora sotto la camicia.

Un prezzo da pagare.

Minimo, rispetto a tutto il resto.

Cerco di ricacciarlo indietro.

Ma il corpo ricorda sempre più della mente.

Accendo una sigaretta.

Il fumo graffia i polmoni, ma mi tiene sveglio.

Lucido.

Ho fatto tutto correttamente.

Non esisto più nei fascicoli.

Non esisto più nei database.

Non esisto più nemmeno sotto la pelle.

Sono solo un'ombra che cammina.

***

15 APRILE 2025 – ORE 23.27

Attraverso il confine a piedi.

Le telecamere sono puntate altrove.

Qualcuno è stato pagato per girare la testa.

Lo zaino rimbalza sulla spalla.

In tasca, una nuova identità.

Un nome che non dice nulla.

Un volto che nessuno vorrà più guardare troppo a lungo.

Non ho rimpianti.

Chi gioca a questo gioco fino in fondo non ne ha.

La libertà è una bugia sporca, ma almeno è mia.

**

16 APRILE 2025 – ORE 04.12

Dormo poche ore in una pensione squallida oltre Chiasso.

Poi sparisco di nuovo.

Verso nord.

Verso l'ombra.

Verso un futuro senza volto.

Perché io non sono mai esistito.

Non davvero.

Non per loro.

E adesso... nemmeno per me.

Capitolo 37

Liberazione

25 APRILE 2025 – ORE 14.32

Il seminterrato puzza di muffa, metallo arrugginito e umidità.

Non è più Milano.

Non è più la mia Italia.

È un cesso di scantinato in una zona industriale mezza abbandonata, ben oltre il confine.

Anonimo. Perfetto.

La lampadina nuda pende dal soffitto, oscillando appena a ogni mio respiro.

Le ombre si allungano sui muri scrostati, deformando la mia sagoma in qualcosa che nemmeno io riconosco più.

Appoggio la pila di documenti sulla grata arrugginita.

Cartelle. Fascicoli. Appunti.

Frammenti di un'esistenza costruita sulla sabbia...

E sul sangue.

Tutta la mia vita.

Tutto ciò che mi ha tenuto in piedi... e che ora deve sparire.

In Italia, in qualche piazza, staranno suonando e cantando *Bella Ciao.*

Qualche bandiera sporca di pioggia volerà sopra le loro teste stanche.

Liberazione, la chiamano.

Sorrido amaro.

Io non mi sto liberando.

Sto solo tagliando i fili, prima che qualcun altro li trovi... e li segua.

Sto chiudendo l'ultima porta alle mie spalle.

Per sempre.

Pesco dalla tasca interna la scatolina dei fiammiferi.

La stessa da anni.

Un talismano rovinato, un promemoria di tutte le cose che un giorno avrei dovuto bruciare.

Ne prendo uno. Basterà.

Striscio la punta sulla parete.

Scatta la fiamma.

Calda. Viva. Fragile.

La guardo tremolare un istante, come se mi stesse interrogando.

Mi chiedo se, in fondo, anche io non sia sempre stato solo questo: una scintilla destinata a consumarsi.

Abbasso il fiammifero.

Tocco la carta.

Le prime pagine si anneriscono

Si contorcono.

Le lettere svaniscono come serpenti feriti, avvitandosi su sé stesse.

I nomi.

I volti.

Le date.

I peccati.

Spariscono. Come se non fossero mai esistiti.

Respiro il fumo.

Non tossisco.

Lo accolgo nei polmoni come un vecchio alleato.

Sento il crepitio che accompagna ogni segreto che ho custodito.

Tradito.

Usato.

Quando anche l'ultima fotografia si trasforma in cenere, mi chino.

Indosso i guanti neri.

Tiro su il bavero della giacca anonima.

Mi assicuro che non resti nulla.

Neanche un frammento.

Nessuna traccia.

Nessun testimone.

Solo cenere.

E io.

Ancora vivo.

Ancora abbastanza sveglio da sapere che il gioco non è finito.

Che il serpente, anche senza pelle, può ancora strisciare.

Che i Simboli, anche spezzati, possono ancora bruciare sotto la pelle.

Guardo il triangolo rovesciato tatuato sul polso.

So che, stavolta, toccherà a me sparire.

Meglio di come ho fatto per tutti gli altri.

Fuori, il mondo continua a girare.

Indifferente.

Ignaro.

Come sempre.

Spingo la porta arrugginita.

Non mi volto.

Non c'è più nulla da guardare.

Nemmeno il mio nome rimane.

Solo un'ombra che striscia.

Solo un serpente senza pelle.

***

27 APRILE 2025 – ORE 18.12

Non so dove sia andato.

Non so nemmeno se voglio davvero saperlo.

Ma so una cosa:

aver fermato Massimo non è bastato.

Non abbiamo distrutto nulla.

È una parte di noi.

Di me.

Una radice marcia che affonda molto più in profondità di quanto credessimo.

Il simbolo che portava mio padre — il triangolo rovesciato, inciso nella carne — non era unico.

Era solo il primo.

Un seme.

Un innesco.

Da quel marchio, da quella ferita primordiale, sono nate altre linee.

Altri segni.

Altre famiglie.

Altri serpenti che hanno strisciato nell'ombra, annodandosi in nuove sette, in nuove promesse di sangue e silenzio.

Forse pensavamo di aver spezzato la catena.

Forse volevamo crederlo.

Ma la verità è che il Marchio non si distrugge.

Si frammenta.

Si moltiplica.

E noi...

Noi abbiamo solo scalfito la superficie.

Respiro l'aria sporca di questo pomeriggio insensato.

L'odore di cenere e pioggia marcia.

Guardo l'orizzonte vuoto.

E so che il vero gioco deve ancora cominciare.

Capitolo 38

Ostaggi del Silenzio

3 MAGGIO 2025 – ORE 16.42

L'ascensore scende lento, come se sapesse che non voglio arrivare.

Il neon sul soffitto pulsa a intermittenza, sputando luce malata sulle pareti color vomito.

De Angelis è al mio fianco, in silenzio. Lo è da quando abbiamo lasciato la questura.

Siamo entrambi tirati.

Lui, nel suo completo scuro, con la solita aria da professionista stanco del mondo.

Io, con il cuore che batte troppo forte e le mani chiuse a pugno nelle tasche.

Andiamo da Massimo Romano.

Stavolta non da carcerato. Non del tutto.

La procura ha concesso un incontro informale, una *collaborazione informativa* prima del processo vero e proprio.

Una sala anonima. Due sedie. Un tavolo. E il passato che torna a farsi vivo.

De Angelis rompe gli indugi.

"Ricordati: non credere a tutto quello che dice. Ma non sottovalutarlo mai."

Annuisco.

Lo so bene.

Massimo Romano non mente: danza attorno alla verità, le dà forma. Le dà potere.

E stavolta, se parla, è solo perché ha capito che affondare da solo non gli conviene più.

Varchiamo la soglia.

Dentro, c'è odore di disinfettante e tensione.

E Massimo.

Seduto. Mani in grembo.

La solita postura da sacerdote del crimine.

Alza lo sguardo su di me. Sorride.

"Ferrante. Non ci vediamo da un po'."

Non rispondo.

Non c'è bisogno.

***

3 MAGGIO 2025 – ORE 17.03

Sono qui.

Seduto davanti a lui.

Il figlio di Antonio.

Marco Ferrante.

Gli occhi come quelli del padre. Ma più indecisi. Più affamati.

E accanto a lui, De Angelis.

Occhi svegli, troppo svegli. Eppure legato.

La voce di Marco spezza il silenzio.

"Parla."

Sorrido.

"È così che vuoi cominciare? Nessun saluto, nessuna premessa?"

La sua mascella si tende.

Buon segno.

"Allora ti dirò quello che vuoi sapere."

Mi inclino in avanti. Lentamente.

"Greco non era solo. Non è mai stato solo."

Li sento trattenere il respiro.

Marco incalza: "Chi c'è ancora dentro?"

Sorrido ancora.

"Ci sono ancora uomini. Più in alto. Più vecchi. Più protetti."

"Fai nomi."

Scuoto la testa. "No. Non ora. Ma se vuoi davvero smantellare questo sistema... devi iniziare a guardare dove non vuoi guardare."

Lo fisso.

Lui sa a cosa alludo.

Suo padre. Il Simbolo. La rete che ancora tiene Milano sotto scacco.

"Il Marchio non è morto, Marco. Si è solo ramificato. Infiltrato. È cambiato. È diventato velenoso... come un serpente."

De Angelis si sporge. La sua voce è tagliente. "Se sai qualcosa su membri attivi nelle istituzioni, devi dircelo."

Sospiro.

"Lo farò. A tempo debito. Ma non per voi. Lo farò per me. Perché anche un mostro, ogni tanto, sogna di dormire in pace."

***

3 MAGGIO 2025 – ORE 20.28

La pioggia ha smesso da poco, lasciando la città impiastricciata e silenziosa.

Cammino lungo via Solari con il passo rapido di chi non vuole pensare.

Sono diretta a casa di Marco.

Ci ritroviamo lì, come dopo ogni frattura. Come dopo ogni verità difficile da mandare giù.

Quando arrivo, lui è già dentro.

Rinaldi pure, appoggiato alla finestra con una birra mezza vuota ed una sigaretta consumata tra le dita. Lo sguardo scuro.

Marco è in piedi, ancora con la giacca addosso. Fissa il pavimento.

Lo osservo per un attimo, poi parlo.

"Cos'ha detto?"

Lui solleva la testa.

"Che Greco non era solo. Che il Marchio... è un parassita. Ha messo radici ovunque."

Rinaldi sbuffa. "Ce volevano 'sti discorsi pe' capillo?"

Io mi avvicino.

Marco sembra distante, perso in pensieri troppo grandi.

"Ha detto che c'è ancora un nome nascosto. Uno che forse conosciamo già. Uno che non vogliamo guardare."

Rinaldi si irrigidisce.

"De Angelis?"

Marco non risponde.

Il silenzio basta.

Mi stringo nel cappotto. Sento un brivido.

La verità comincia a fare davvero paura.

Eppure...

"Non è finita, vero?"

Marco scuote la testa.

"No. Abbiamo appena scalfito la crosta. Sotto, c'è un'intera città da riscrivere."

Mi volto verso la finestra.

Le luci di Milano brillano come ferite aperte.

E so che la guerra... è appena cominciata.

Capitolo 39

Il Processo del Sangue

10 MAGGIO 2025 – ORE 09.38

Il tribunale odora di legno vecchio e disinfettante

Come se bastasse una passata di ammoniaca per cancellare decenni di compromessi.

Ma i peccati impregnati nella pietra non se ne vanno. Restano.

Cammino nel corridoio centrale con il nodo alla cravatta stretto troppo. Non per eleganza, ma per rabbia.

Una rabbia che non riesco più a sbrogliare.

Chiara è dietro di me, silenziosa, vestita come una lama: sobria, tagliente, definitiva.

C'è sempre, ormai.

Da quando tutto è iniziato.

Da quando il sangue ha cominciato a scorrere.

Eppure, ogni giorno, mi sorprende quanto riesca ancora a tenermi in piedi.

Massimo non sarà presente.

È ancora in ospedale, sotto custodia. Protetto.

Ironico, per uno che ha disseminato morti.

Ma oggi si comincia lo stesso.

Si comincia a scoperchiare il fango.

Entro.

La sala è una bara luminosa.

Occhi ovunque.

La sensazione di essere un cadavere vivente sul banco dei testimoni.

Mi chiamano.

Il giudice mi guarda come se sapesse già tutto.

Ma io racconterò lo stesso.

Alzo la mano destra.

Giuro.

E comincio.

Parlo di fatti.

Ma in mezzo, si sente la polvere delle tombe che ho dovuto aprire.

Ogni frase è un bisturi.

Ogni nome, una cicatrice.

Quando dico *Leo*, sento un nodo alla gola che brucia.

Leo non è un assassino.

Era un ragazzo perso.

Era un amico.

E io non sono riuscito a salvarlo.

Quando riporto a galla i ricordi di mio padre, mi si ghiaccia il petto.

Non era un uomo innocente.

Ma l'hanno fatto ammazzare come un cane.

E io, in fondo, ci ho messo troppo a capire da che parte stava davvero.

A volte, la verità è una malattia.

E quando la scoperchi, contamina tutto.

Il giudice mi guarda.

Assorbe, pensieroso.

Gli avvocati prendono appunti.

Uno, mentre parlo, si ferma.

Forse ha capito che questa storia non è solo cronaca.

È veleno.

E poi arrivo al Marchio.

Il simbolo.

Il triangolo rovesciato.

La linea che lo taglia come un bisturi.

Lo dico piano.

Ma la parola si insinua nelle pareti.

Il silenzio che segue è pesante.

Qualcuno ha paura.

Qualcuno sa.

***

10 MAGGIO 2025 – ORE 10.12

Lo ascolto dal fondo della sala.

Marco non parla da testimone.

Parla da uomo in guerra.

Una guerra che ha cambiato il colore dei suoi occhi.

Mi siedo tra due giornalisti che bisbigliano nomi sbagliati e congetture sbilenche.

Non mi interessa.

Io guardo lui.

Solo lui.

Non è la voce a colpire. È il modo.

Parla piano. Ma ogni parola pesa.

Come se fosse scritta col sangue.

Lo vedo tremare leggermente quando cita Leo.

Lo vedo deglutire a fatica quando parla del padre.

E so che ogni parola che pronuncia è un pezzo di pelle che si toglie da solo.

Non risparmia nessuno.

Nemmeno sé stesso.

Ho imparato a riconoscere quel dolore.

Ho imparato a starci accanto.

Non per compassione.

Perché ora... lo condivido. Lo voglio condividere.

Gli occhi del pubblico mutano.

Passano dalla curiosità al disagio.

Marco non sta solo raccontando un'indagine.

Sta squarciando un sistema.

Alla parola *Marchio*, vedo il giudice irrigidirsi.

Qualcosa lo tocca.

Qualcosa che forse sapeva.

O temeva.

Poi, un bip.

Il mio telefono vibra.

Messaggio anonimo.

Una foto.

Sfocata.

Greco.

Seduto su una panchina, in quello che sembra un porto.

Sigaretta tra le dita. Occhi socchiusi.

Sta dicendo qualcosa senza parlare.

Sta dicendo: Sono vivo. Non è finita.

Il gelo mi si infila nelle scapole.

Non dico nulla.

Marco deve finire.

Ma dentro...

Dentro so che questo processo è solo una pausa.

La vera sentenza è ancora da scrivere.

**

10 MAGGIO 2025 – ORE 11.03

Finisco.

Esco dall'aula e mi siedo in corridoio.

Il battito rimbomba sulla panchina di legno corrosa dal tempo.

Sento un vuoto.

Uno di quelli veri.

Quelli che non puoi colmare.

Non so se ho detto abbastanza.

Ma so che ho fatto quello che andava fatto.

Chiara mi raggiunge fuori dalla sala.

Ha lo sguardo che conosco bene.

Non dice nulla, mi passa solo il telefono.

Guardo la foto.

Per un attimo, il cuore smette di lavorare.

Greco.

Di nuovo.

Ovunque.

Ancora davanti a noi.

Le mani mi tremano.

Ma poi sento le sue dita sulla mia giacca.

Un gesto piccolo.

Intimo.

Deciso.

Resto in silenzio.

Ma qualcosa cambia.

Qualcosa si muove tra noi due.

Non detto, ma reale.

Lei non se ne va.

Non scappa.

Non chiede.

E io, per la prima volta, sento che non sono più solo.

Chiudo gli occhi.

Li riapro.

Milano è là fuori.

Sporca, lenta, viva.

Ed io... io sono pronto a ricominciare.

Ma Greco è ancora presente.

Non abbiamo ancora finito.

**

10 MAGGIO 2025 – ORE 19.12

Finalmente siamo fuori.

All'uscita dal tribunale, Milano ci accoglie coprendo il tramonto con il suo respiro affannato.

Chiara è di fianco a me. Avvolta nella sua silenziosità, si muove quasi furtiva.

Rinaldi ci ha salutati sulle scale, con una stretta di mano e un *ci sentiamo dopo* che suonava più come un *resta vivo*.

Camminiamo piano, senza parlare.

Mi fa compagnia anche il rumore dei suoi passi.

Un tempo mi avrebbero dato fastidio.

Ora no.

Il telefono squilla.

De Angelis.

Rispondo con la voce che non ho ancora ritrovato del tutto.

"Tutto regolare?" chiede.

La sua voce è meno impastata del solito. Ma resta ruvida.

"Per ora sì. Ma abbiamo ricevuto una foto. Di Greco."

274

Un sospiro pesante.

"Mandamela. Faccio verificare. Ma se è davvero lui, non ha finito di giocare."

"Non lo farà mai."

"Neanche tu, vero?"

"No."

Chiude la chiamata.

Nessun saluto.

**

10 MAGGIO 2025 – ORE 20.07

Appena entrati a casa, Chiara si sfila il cappotto e lo appoggia sul divano come se pesasse più di quanto dovrebbe.

Io resto lì, fermo sulla soglia. Non so più come vivere davvero.

Lei si volta.

Mi guarda.

E io... io mi sento improvvisamente scoperto.

Mi viene incontro.

Un passo. Due.

Il suono delle sue scarpe sembra più profondo di qualsiasi parola.

"Ti hanno ascoltato" dice. "Ma non basterà."

Annuisco.

Non c'è bisogno di commentare.

Chiara si ferma davanti a me.

Non dice altro.

Poi mi prende il volto con le mani fredde, decise.

E mi bacia.

È un bacio lento.

Non c'è rabbia.

Non c'è disperazione.

Solo bisogno.

Mi aggrappo a lei.

Come se volessi ancorarmi a qualcosa di reale.

Di vivo.

Di pulito.

Quando si stacca, resta immobile un istante.

Ci guardiamo.

Non c'è un sorriso.

Solo quello che resta, dopo la tempesta.

Poi prende la borsa.

Si rimette il cappotto con un gesto lento.

Mi sfiora la guancia con la mano.

Un contatto breve, come se fosse già un addio.

Apre la porta.

Esita un attimo sulla soglia.

Ma non dice nulla.

Se ne va.

La porta si chiude piano.

E io resto lì.

Con il silenzio addosso.

E l'odore del suo profumo ancora nell'aria.

Capitolo 40

L'ultimo Patto

11 MAGGIO 2025 – ORE 09.10

Il giorno dopo ha l'odore dei muri umidi e del caffè bruciato.

La città fuori dalla finestra non dice niente.

Anche lei ha smesso di fare domande.

Guardo la porta d'ingresso.

Chiusa.

Da ore.

Da quando lei è scappata via senza dire nulla.

Solo uno sguardo, dopo quel bacio.

E poi il rumore dei passi giù per le scale.

Nessun messaggio. Nessuna chiamata.

Poi il telefono vibra.

Un numero che conosco.

Ma non è lei.

'Isp. Matteo De Angelis'.

Rispondo.

"Ci vediamo in Questura. Un caffè, due parole. Niente verbali."

La sua voce è tesa. Ma anche più... leggera, forse.

Un tono nuovo.

"È importante."

Poi riattacca.

Senza lasciarmi il tempo di pensare.

***

11 MAGGIO 2025 – ORE 10.03

Matteo mi aspetta nella sala riunioni.

Non quella solita.

Questa è più piccola, senza finestre.

Niente testimoni.

Mi fa un cenno. Mi siedo.

Sul tavolo, solo un fascicolo chiuso.

E due tazze. Una già mezza vuota.

"Sai perché ti ho chiamato?"

Annuisco.

Ma non parlo.

Lui mi guarda. A lungo.

Poi spinge il fascicolo verso di me.

Lo apro.

Dentro, nomi.

Cognomi.

Date.

Movimenti.

Fotocopie di conti.

Tabulati telefonici.

Frammenti di vite che hanno toccato Greco.

E non solo.

Anche gente che ancora oggi... è qui.

Dentro le stanze.

"Massimo parlava di uomini ancora dentro" dice De Angelis.

"Non mentiva. Ma non ha detto tutto. Non poteva."

"E tu?" chiedo. "Perché me lo fai vedere?"

De Angelis si alza.

Cammina fino alla porta. Guarda fuori, con circospezione.

La chiude.

Torna indietro.

Appoggia le mani sul tavolo.

"Perché vogliono chiuderla qui. Dire che tutto è finito. Massimo in ospedale. Greco... disperso. Fine della storia. La città si pulisce la faccia e si riparte."

Lo guardo fisso.

"Per te?"

"Io dovrei firmare. Prendere una scrivania più grande. Una macchina nuova. E restare zitto."

"E invece?"

Sorride. Ma non è un sorriso felice.

"Invece ti sto offrendo l'altra strada. Quella dove tu vai avanti. Da solo. Senza scudi. Senza protezione. Dove puoi continuare a scavare. Ma se trovi qualcosa... stavolta non ti coprirà nessuno."

Silenzio.

Puro.

Pesante.

"Che vuoi da me, De Angelis?"

"La verità. Ma devi volerla anche tu. Sapendo che ti consumerà le mani. E magari anche il resto."

Lo guardo fisso.

Penso a mio padre. A Leo. A Chiara.

Alle notti a fissare il soffitto, convinto che tutto fosse già scritto.

Alle volte in cui ho sperato che fosse una bugia.

Poi chiudo il fascicolo.

Lo spingo piano verso di lui.

"Non sono qui per cercarla."

Respiro.

"La verità la inseguo da troppo. Ora… la prendo. E se brucia, fa niente."

De Angelis annuisce.

Poi aggiunge, più piano:

"Ma sappi che da qui in poi… non si torna indietro."

"Non sto tornando da un pezzo."

Mi alzo.

Esco. Milano è grigia e stantia.

Ma io, almeno, mi muovo.

***

11 MAGGIO 2025 – ORE 20.18

Il portone cigola come un animale ferito.

L'androne è vuoto. Odora di muffa e silenzio.

Salgo le scale con lentezza, le gambe pesanti.

Ogni gradino sembra tirarmi indietro, verso qualcosa che non voglio più essere.

In casa è tutto com'era.

Solo più fermo.

Più spento.

Butto la giacca sul divano.

Mi tolgo le scarpe.

Il ticchettio dell'orologio da parete è l'unica cosa viva nella stanza.

Guardo il mobile basso, accanto alla finestra.

Il cassetto è socchiuso.

Dentro, la lettera.

Quella che avevo trovato nella scatola, accanto alla foto di mio padre.

La stessa che ho evitato per giorni.

Per settimane.

La prendo.

È leggera. Ma mi pesa addosso come un macigno.

Mi siedo.

Strappo la busta.

La carta è spessa. La calligrafia ferma, piena.

La riconosco.

Lui.

Marco,

quando leggerai queste righe, il tempo per le spiegazioni sarà già scaduto. Ma non per le domande. Quelle non finiscono mai. Lo so bene. Anch'io ho vissuto a lungo sotto l'ombra di verità mezze dette, di patti mai firmati e di ordini sussurrati dietro porte chiuse.

Tuo padre non era un uomo innocente. Ma non era nemmeno il mostro che ti hanno raccontato. Ha fatto scelte, come tutti. Alcune sbagliate. Altre necessarie. Ma una cosa è certa: ti ha sempre tenuto lontano da tutto questo. Ti ha protetto a modo suo. E questo, a qualcuno, non è andato giù.

Il Marchio non è solo un simbolo. È una condanna, ma anche una lingua. Chi la parla, non può più smettere. Ma può scegliere se urlare... o restare in silenzio.

Io ho urlato. E ora sto pagando.

Tu, Marco, puoi ancora decidere cosa diventare. Non chi sei. Ma cosa fare con quello che sei. Ricordatelo sempre: il sangue è solo sangue. Ma le scelte... quelle pesano per sempre.

– M.

Chiudo gli occhi.

Appoggio la testa contro lo schienale.

Respiro.

Le parole mi entrano dentro come aghi lenti.

Non c'è odio.

Non c'è nemmeno perdono.

Solo la voce stanca di un uomo che sapeva già tutto.

Che aveva smesso di difendersi.

E ha scelto di parlare solo quando non c'era più nessuno a fermarlo.

Guardo fuori.

Le luci dei palazzi galleggiano nel buio.

Un riflesso sulla finestra mi rimanda il mio volto.

Consumato.

Ma ancora lì.

Penso a Chiara.

Al suo respiro spezzato quando ha chiuso la porta alle sue spalle, ieri sera.

Al bacio rubato.

Alla fuga silenziosa.

Al fatto che, oggi, non ci siamo sentiti.

Eppure è come se fosse qui.

Come se il suo passo leggero ancora abitasse il corridoio.

Come se l'aria portasse il suo profumo.

Non so cosa siamo.

Non so se c'è un *noi* in mezzo a tutto questo sangue.

Ma so che, da quando c'è lei, il buio pesa meno.

E forse...

Forse, è un inizio.

Mi alzo.

Ripiego la lettera.

La infilo tra le pagine di un libro.

Un segnalibro che non voglio perdere.

Poi vado a farmi un altro caffè.

Amaro.

Come sempre.

Come la vita.

Capitolo 41

L'ultimo inverno

28 MAGGIO 2022 – ORE 09.00

Non mi hanno fatto alcuna cerimonia.

Solo una firma.

Un ufficio nuovo, una porta più spessa, e la stessa merda da gestire.

Greco non ha lasciato nulla.

Nessun fascicolo, nessun ordine, nemmeno un saluto.

Solo fantasmi.

E io, che non ho mai voluto comandare... ora comando.

Guardo l'agenda.

È piena. Ma inutile.

Ciò che conta è già stato deciso, nelle stanze senza luce.

Mi siedo.

Appoggio la pistola sul tavolo, scarica.

Non perché non mi serva.

Ma perché da oggi ogni colpo, anche solo pensato, pesa il doppio.

E a volte, per restare puliti, bisogna imparare a non sparare più.

Eppure...

C'è una piccola fiamma che non si spegne.

Una cosa che Greco non aveva.

Una cosa che, forse, farà la differenza.

Così scrivo il primo nome sul foglio bianco.

Moretti. Leonardo.

Non come colpevole.

Ma come chi, forse, può ancora raccontarci qualcosa che nessuno vuole sentire.

***

28 MAGGIO 2025 – ORE 12.17

Hanno provato a incartarmela.

"Commissario Rinaldi", volevano scrivere.

C'avevano pure pronta la placca.

Ma io ho chiesto solo una cosa:

riportatemi dove stavo.

Cor culo sui marciapiedi.

Ispettore.

Vecchio ruolo, vecchie strade.

Non mi servono gradi nuovi.

Lì... sento la città.

Quando suda, quando trema.

Quando tace troppo.

Greco? Sparito.

Massimo? Chiuso dentro.

Ma l'odore è rimasto.

Sta negli uffici, tra le carte stropicciate e i silenzi troppo lunghi.

Io?

Io ascolto.

Cammino.

E chi vuole cancellare quello che è successo...

dovrà passamme sopra du' volte.

***

29 MAGGIO **2025 – ORE 16.08**

La luce in questa stanza è sempre uguale.

Fredda.

Mai abbastanza forte da scaldare.

Ma almeno non ci sono sbarre.

La finestra della mia stanza dà su un muro bianco.

Niente alberi, niente cielo.

Solo cemento e intonaco che si scrostano come pelle vecchia.

Meglio così.

Il dottore dice che sto migliorando.

Io sorrido.

Finto.

Quando mi hanno detto che Marco sarebbe venuto...

ho pensato che fosse uno scherzo. O una trappola.

Perché una parte di me non ci crede ancora. Che sia finita davvero.

Che mi abbiano tolto di dosso quei tre nomi. Quelle tre croci.

Mi dicono che sono libero da quelle accuse.

Ma io non mi sento libero.

E nemmeno innocente.

Ho ucciso un uomo.

292

L'ho fatto perché lo odiavo, sì. Ma anche per proteggere Marco.

Per proteggere qualcosa che avevamo sepolto sotto troppa merda.

Quando è entrato nella stanza, non ho parlato subito.

Lui nemmeno.

Due sedie, un tavolo, e il peso di anni che ci schiacciava le spalle.

Poi ha fatto quel mezzo sorriso che usava quando non sapeva se abbracciarmi o prendermi a pugni.

E ho capito che eravamo ancora fratelli.

Fratelli in qualcosa che il sangue non può spiegare.

Mi ha detto che Massimo è vivo.

Che parlerà.

Che Greco è sparito.

E che il gioco, forse, non è mai stato davvero nostro.

Io ascolto. E annuisco.

Ma dentro, sento qualcosa che si muove.

Non è paura. È più simile a una fame.

Quella che ti resta quando hai mangiato solo vendetta.

Quando se n'è andato, mi ha stretto il braccio. Forte.

Non ha detto *tornerò*.

E io non gliel'ho chiesto.

Restiamo due uomini a metà, in due mondi diversi.

Ma almeno, adesso, sappiamo che la metà che resta può ancora combattere.

***

30 MAGGIO 2025 – ORE 09.19

L'odore della redazione non è cambiato.

Carta vecchia, caffè schifoso e sudore.

Ci sono cresciuta dentro questo odore. Ma oggi mi dà il voltastomaco.

Il mio articolo è in prima pagina.

Il Patto del Marchio – Dentro la guerra che ha spaccato la città.

Nome e cognome. Colonna a destra. Un corsivo editoriale sotto.

Tutti fanno i complimenti. Anche quelli che fino a ieri mi sbattevano fuori.

Dovrei essere fiera.

Invece sento solo che qualcosa si è spezzato.

Che il modo in cui ho scritto — oggettivo, lucido, analitico — non è più mio.

Ho lasciato Marco fuori da tutto.

Per proteggermi. Per proteggere lui. Per rispetto, forse.

Ma l'ho fatto anche perché, se lo avessi messo dentro... non sarei riuscita a scrivere nulla.

Ho camminato fino a Porta Genova stamattina, prima dell'alba.

Senza meta. Senza cartella stampa.

E mi sono detta: "Questo non è più il mio mondo."

294

Non così. Non adesso.

Il telefono vibra. È un messaggio della redazione. Vogliono un'intervista. Una foto.

Cancello il messaggio.

Poi ne scrivo un altro. *Marco, ti va un caffè?*

Cancello anche questo.

Ma so già dove sto andando.

***

30 MAGGIO 2025 – ORE 21.02

La tazza è vuota. Il caffè amaro mi si è incollato alla lingua.

Leggo il titolo.

Lo rileggo.

Poi guardo la firma.

Chiara Conti.

Stile pulito, tagliente. Nessun sensazionalismo. Solo fatti.

Una lama precisa infilata dentro la carne viva della città.

Ma io so cosa manca.

So perché non ci sono.

E non mi pesa.

Anzi.

È il regalo più grande che potesse farmi.

Mi alzo.

C'è silenzio in casa. Quella strana quiete dopo la guerra.

Quello che non sai se è tregua... o solo stanchezza.

Sto sistemando le tazze nel lavandino quando sento bussare.

Due colpi secchi. Niente citofono.

Apro.

Chiara è lì.

Occhi stanchi, il solito cappotto e due biglietti tra le mani.

Li tiene come se pesassero una vita.

Ma il suo sguardo è fermo.

Non dice nulla.

E non serve.

Le prendo la mano.

E per la prima volta da settimane, sento che potremmo andare da qualche parte...

Anche senza sapere dove.

Ora è in cucina.

Sta sistemando il bollitore, parla con voce bassa.

Io scrivo queste righe su un taccuino rovinato.

Non so nemmeno perché.

Forse perché, stavolta, voglio ricordarmi cosa significa avere una scelta.

Una possibilità.

Un giorno senza sangue.

Un inverno è finito.

Ma i fantasmi camminano ancora.

E noi...

Noi camminiamo con loro.

Non so cosa sono adesso. Ma so che non sono più quello di prima.

Non dopo tutto questo.

Forse questo è il prezzo della verità.

Forse è questo il senso della redenzione.

La verità è un bisturi. Cura e ferisce allo stesso tempo.

Epilogo

Un nuovo inizio

3 GIUGNO 2025 – ORE 12.30

C'è un sole strano, oggi.

Troppo chiaro per Milano.

Il cielo si ostina a sembrare azzurro, ma lo smog resta lì, impastato nell'aria come colpa sulla pelle.

Il terminal è immobile.

Non silenzioso... solo ovattato. Come una bolla.

La gente trascina valigie e vite stanche, ma le nostre... le nostre sembrano leggere.

Come se stessimo portando via soltanto la parte che siamo disposti a salvare.

Chiara è accanto a me.

Non parla. Non serve.

Negli occhi ha ancora tutta la guerra che ci siamo lasciati alle spalle.

Ma anche un filo di pace, nascosto tra le ciglia.

Il cuore non corre.

Rimane sospeso. In ascolto.

Ogni passo verso l'imbarco è un passo fuori da qualcosa.

Fuori dal buio. Fuori dalla città. Fuori dalla gabbia che ci siamo costruiti attorno.

Mi volto.

Solo un istante.

E la vedo.

Un'auto.

Parcheggiata dove non si potrebbe.

Nera. Lucida. Immobile.

Un rettile adagiato sotto il sole.

Il finestrino si abbassa.

Una mano. Un fiammifero.

La fiamma si accende e muore in un soffio.

Poi la sigaretta.

La brace rossa.

E quegli occhi.

Greco.

Non ha bisogno di parlare.

E io non ho bisogno di avvicinarmi.

Ci guardiamo appena.

Un frammento di secondo.

Abbastanza per capire.

Non è una minaccia.

Non è nemmeno un saluto.

È un promemoria.

Un patto che non si è mai rotto.

Il Marchio non è stato estirpato.

È solo scivolato più a fondo.

Là dove non lo vedi... ma continua a bruciare.

Chiara mi sfiora la mano.

"Siamo pronti" dice.

Annuisco.

Non mi volto di nuovo.

Perché so che, voltandomi, non vedrei più l'auto.

Greco svanisce come ha sempre fatto.

Tra le pieghe dell'ombra.

E io...

io non sono più lo stesso di prima.

Ma nemmeno salvo.

Camminiamo.

Due figure nell'attesa sospesa di un terminal che non fa domande.

La voce metallica annuncia imbarchi che non ci riguardano.

E mentre ci lasciamo tutto alle spalle, so una cosa con certezza.

Il Marchio sopravvive.

Ma io ho imparato a combattere.

La guerra non è finita.

E forse... non finirà mai.

Sull'autore

Mirko Lilli

Mirko Lilli scrive per mettere ordine nel suo caos. O almeno per dargli un suono decente.

Nato nel 1990, è cresciuto tra romanzi, pallone, PlayStation e pioggia sulle tapparelle.

Appassionato di storie che graffiano e personaggi che arrancano, si muove da sempre al confine tra ombre e verità scomode.

Quando non scrive, osserva il mondo con lo stesso sguardo di chi sa che la prossima storia potrebbe iniziare ovunque.

"Marchio di Sangue" è il suo primo romanzo.

Restiamo in contatto

"Marchio di Sangue" è solo il mio primo Romanzo.

Ho intenzione di scriverne altri e, soprattutto, raccogliere i feedback dei miei lettori!

Per questo, restiamo in contatto!

Seguimi sui social

INSTAGRAM: @mirko_lilli_autore

FACEBOOK: Mirko Lilli - Autore Noir

AMAZON: Mirko Lilli

EMAIL: mirkolilli01@gmail.com

RINGRAZIAMENTI

Non è stato facile realizzare questo romanzo. Per diversi anni ho solo pensato di scrivere qualcosa, ma alla fine, eccomi qui.

Il primo ringraziamento va ovviamente a tutti voi che avete letto il libro per intero... e magari vi è anche piaciuto!
Ma ringrazio anche chi il libro lo ha letto e non gli è piaciuto... o chi non è riuscito nemmeno a terminarlo, e può succedere! Spero soltanto che magari col prossimo...

Chi vorrei ringraziare enormemente, pur non conoscendolo di persona, è Nicola Rocca. Nicola è un autore ben più affermato di me, che con i suoi romanzi ha svegliato quel qualcosa... che ha portato alla nascita di *Marchio di Sangue*. Se non lo conoscete, cercate la splendida serie sullo scrittore Roberto Marazzi o, meglio ancora, *La Morte ha l'oro in bocca,* che fa parte della serie sul Commissario Walker!

Vorrei mandare un grazie grande grande alle mie beta reader: mia moglie Gloria, mia mamma Mara e la mia amica Eleonora. Senza di loro alcuni refusi ed alcuni affinamenti non sarebbero mai stati possibili. Per il resto, hanno detto che era bello. E che volevano il secondo.

Vorrei ringraziare anche chi mi ha insegnato molto sulla scrittura – non le cose tecniche – e sull'arte dell'uso delle parole per emozionare: le mie Prof. di Italiano e Storia Carla Arata e Silva Moscatello. Se sono arrivato a scrivere un libro, in fondo, lo devo anche a voi due.

Infine, un ringraziamento quasi superfluo perché non potrà leggerlo... Ma sono certo che sa già tutto e che, in fondo, avrà manovrato qualcosa per portare alla luce questo manoscritto: il mio papà Alvaro.

Un bacio ovunque sei.

Grazie!

Mirko

Printed in Great Britain
by Amazon